1

Beate Silvia Deister

1914

Frieda, das Mädchen

aus dem Norden

Bibliographische Informationen der Deutschen Nationalbibliothek

Die Deutsche Nationalbibliothek verzeichnet diese Publikation in der

Deutschen Nationalbibliothek; detaillierte bibliographische Daten

sind im Internet über http//dnb.de abrufbar.

Herstellung und Verlag

BoD Books on Demand, Norderstedt

ISBN 9 783748167273

4

Für Frieda, meine
Großmutter, die zwei Weltkriege
durchlebt hat.

„Ich bin nicht tot, ich tauschte nur die Räume, ich
bin in Euch und geh durch Eure Träume."

<u>Michelangelo</u> di Lodovico Buonarroti Simoni

(1475-1564)

Inhalt

Frieda, ein Mädchen aus dem Norden

Frieda presste ihr Gesicht an die kalte Fensterscheibe. Eine einzelne, verlorene Möwe war am grau-düsteren Wesermündungs-Himmel zu sehen.

„Lieber Gott, lass´ die Sonne wieder raus ", dachte sie. Doch das würde nichts an ihrem Zustand ändern.

Frieda fühlte sich leer, verloren und einsam.

Obwohl vier ihrer acht Geschwister im kleinen Wohn- und Schlafzimmer anwesend waren - sie standen um den Esstisch herum und unterhielten sich - Frieda fühlte sich einsam.

Nie sollte es geschehen, immer hatte sie es befürchtet und ängstlich erwartet, nun war das Ereignis tatsächlich eingetreten: Gestern hatten sie ihren Vater August beerdigt.

Er lag nun auf dem Friedhof. Nicht weit entfernt von ihrem Wohnhaus in der Oststraße, tief unter der frisch ausgehobenen Erde auf dem Friedhof Lehe hatte er seine letzte Ruhestätte gefunden.

Die letzten Wochen hatte er blass ausgesehen, schmal und erschöpft; er hielt sich oft am Tisch oder

Treppengeländer fest, zog sich mit seinen ehemals starken Armen hoch und tat dennoch so, als ob nichts geschehen sei.

Aber immer hatte Frieda schon ihren intuitiven Blick gehabt, unterschwellig geahnt, was passieren würde. Sie hatte auch ein paarmal Unwohlsein vorgetäuscht, um nicht zur Schule gehen zu müssen und bei ihm in der Nähe sein zu können.

Gut, ihr Vater war schon recht alt gewesen - aus ihrer Sicht - immerhin 48 Jahre, aber dennoch hatte sie gehofft, dass er bei ihr bleiben könne bis sie groß, erwachsen und aus dem Hause war.

Nun war sie 13 Jahre alt, in neun Tagen würde sie Geburtstag haben und 14 werden. „Eine seute Deern" hatte der Nachbarjunge Jan sie genannt, aber eigentlich hatte sie diese Redensart gleichgültig gelassen.

Die einsame Möwe kreiste noch immer am wolkenverhangenen Firmament.

Vielleicht war es ihr Vater, der ihr eine Botschaft zuraunen wollte? Er kam direkt aus dem Himmel zurückgeflogen? „Nimm mich mit" dachte sie, aber gleich darauf riss sie sich wieder zusammen.

„Mutter braucht uns hier, die kleine Sophie auch", durchzuckte sie ein Gedanke; „es muss einfach weitergehen." Nur auf welche Art und Weise das geschehen sollte, das war ihr doch nicht so ganz klar.

Das Kalenderblatt offenbarte ihr Dienstag, den 6. Oktober 1914. Es war keine schöne Zeit.

Die alte Frau Wilkens von nebenan hatte etwas von einem Angriff auf Antwerpen erzählt. Wo der Ort genau lag war Frieda nicht ganz klar, aber dass sie im Krieg waren, das doch. Schon im August dieses Jahres hatte sie begonnen, diese schreckliche Zeit.

Für die Männer draußen im Krieg musste alles gegeben werden, und für die Menschen hier zu Hause -wie sie und ihre Familie - gab es jeden Tag nur rationierte Lebensmittel.

Bis jetzt waren sie mit den behördlichen Anordnungen, den auferlegten Engpässen, klar gekommen, weil der Vater unermüdlich wie eine Dampflokomotive vorneweg ging und sie mit seiner Arbeit als Maurermeister gut versorgte.

Immer wieder brachte er ein, zwei lecker geräucherte Makrelen von seinen Freunden aus dem Hafen mit und alle hatten sich vergnügt auf die Leckerbissen gestürzt. Wie sollte das nun ohne den Vater weitergehen?

Sollte Friedrich, der Älteste, in die Fußstapfen des Vaters treten? Friedel, wie sie ihn gerne nannte, war mit seinen 19 Jahren sehr verantwortungsvoll und pflichtbewusst, aber er war ja noch nicht einmal volljährig. Er hatte in diesem Jahr als Tischlergeselle ausgelernt und mit Glück und Geschick in einem Betrieb in Geestemünde eine Anstellung gefunden.

Säcke von Goldmark brachte er mit seiner Anstellung verständlicherweise nicht nach Hause und er war ja selber noch am Werden und Heranwachsen.

Gerade ertappte Frieda ihn dabei, wie er mit fahlem Gesichtsausdruck auf die Todesanzeige in der Nordwestdeutschen Zeitung starrte.

„Hier, da haben wir den Vater ", murmelte er leise stockend vor sich hin.

„Befiehl´ dem Herrn Deine Wege und hoffe auf ihn - er wird´s wohl richten" stand als Begleittext dabei.

„Mensch, Frieda, da hast Du wieder so einen schweren Text ausgesucht, wo hast Du den nur wieder aufgeschnappt?" Friedrich schüttelte sich und legte den Kopf fragend in Richtung seiner Schwester.

In der Tat hatte Frieda den Begleittext für die Todesanzeige vorgeschlagen, stammte er doch von ihrem Lieblingsmusiker Paul Gerhardt. Ausführlich erklären wollte Frieda sich nicht dazu, und so war sie froh, als die Wohnzimmertür aufgestoßen wurde.

Mutter Margarethe, kam mit ihrer jüngsten Tochter Sophie auf dem Arm ins Wohnzimmer hinein. Margarethe sah recht angeschlagen und gebeutelt aus.

„Kannst Du für die Kleine in der ‚Alten Apotheke' etwas Medizin holen, Frieda? Sophie ist sehr heftig erkältet und hustet. Vielleicht tut ihr noch ein Lindenblüten - oder Holundertee gut. Ich mache schon mal einen Wickel", sagte die Mutter.

„Immer ich", dachte Frieda, aber dann fiel ihr ein, dass es ein gute Möglichkeit war, aus der Trübsal herauszukommen und sich die frische Meeresluft um die Nase wehen zu lassen. Es war so schrecklich stickig in der Wohnung und ihre Gedanken drehten sich sowieso, wie ein wackliges Karussell, ständig um dieselbe Stelle.

Ihre zweijährige Schwester war das Nesthäkchen der Familie und das Sorgenkind von Mutter Margarethe. Ihr erschienen nun die vor ihr liegenden Jahre wie ein ewiger Zeittunnel, bis auch das Jüngste ihrer langen Kindereihe erwachsen würde.

Frieda zog ihre groben, beigen Stiefel aus dem Verschlag hinter der Wand hervor, schnappte sich die graue selbstgestrickte Jacke mit den rosa Blümchen und warf einen kritischen Blick in den Spiegel. Sie erblickte ein junges Mädchen mit großen grau-blauen, freundlichen Augen und einer hohen Stirn, die von einem geflochtenen Haarkranz betont wurde. Sie hatte eine ausgeprägte Nase und einen vollen Kirschmund. Sie war nicht sehr groß, nur 1,58 Meter, aber das konnte sich ja noch ändern. Schließlich hatte sie vor, noch zu wachsen.

„Kleiner Kobold" war der Kosename ihres Vaters für sie gewesen, und sie fragte sich, wie er auf diesen Namen kam. Lieber hätte sie auch „Häschen" so wie ihre Schwester Johanna genannt werden wollen. Viele kleine Gedankenblitze durchzuckten ihre Seele, helle und auch eher düstere. Seufzend-versonnen betrachtete sie nochmals ihre Gesamterscheinung, gab sich einen innerlichen Ruck und entschied sich für die Zuversicht! Sie würde etwas aus sich machen und in ihrem Leben Glück und Freude suchen. Sie fühlte, sie hatte es in der Hand. Die Dinge würden sich entwickeln. Sie müsste nur Geduld haben.

Irgendwann in ferner Zukunft würde ihr auch der wahre Prinz über den Weg laufen, vielleicht ein edler Marine-Offizier? Über so viel gedankliche Torheit flog ein Lächeln über ihr Gesicht. Träumen konnte sie ja ruhig, das war ihr nicht zu nehmen. Die Gedanken waren frei und konnten mit den Möwen fliegen. Frieda genoss den leichten Moment.

Mitunter - das war ihr schon bewusst - kam sie ins Grübeln, war melancholisch und verstimmt. Sie konnte ihre Gefühle und Ängste mit niemandem teilen und so fühlte sie sich oft anders als ihre Mitmenschen, abgeschnitten und fremd von ihnen. So auch gestern, bei der Beerdigungsfeier: Wieder einmal hatten ihr die beschwipsten Tanten hinter vorgehaltenen Händen zugeraunt, sie habe wohl „das zweite Gesicht". Was das genau sein sollte wusste Frieda nicht zu sagen, schließlich sah sie momentan nur ihr eigenes Gesicht im Spiegel. Frieda stellte für sich immer die gleichen Abläufe auf den familiären Zusammenkünften fest: erst wurde dem Anlass gemäß gefeiert oder getrauert, um dann später zum geselligen Teil des Tages überzugehen. Da der Kaffee diesmal - durch die Kriegszeiten bedingt - sehr knapp war, wurde ersatzweise reichlich „Klarer" ausgeschenkt, und schon eine halbe Stunde später wollten die Tanten das alte Spiel mit Frieda spielen.

„Wie heißt die Schwester von meinem Friseur in Speckenbüttel?" oder „wie heißt der Hund von meiner Nachbarin im Haus gegenüber?" waren so typische Fragen, auf die Frieda sich wieder mal eingelassen hatte. Sie hatte die zu erratenden Personen zuvor nie gesehen. Dennoch, einfach war das Spiel gewesen, die Namen standen den vom Alkohol erhitzten Tanten direkt auf die Stirn geschrieben. Sie musste die Namen nur laut ablesen. Anscheinend konnte das niemand in der Verwandtschaft nachvollziehen, und so blieb sie mit dieser Gabe ziemlich einsam.

Frieda gelang es nur mit Mühe, sich von ihren verwirrenden Gedankengängen zu lösen. „Da war doch noch etwas gewesen? Ach ja, ich wollte doch für meine kleine Schwester lindernde Kräuter aus der ´Alten Apotheke´ besorgen."

Die stabile Wohnungstür fiel ins Schloss, und Frieda sprang die nach Bohnerwachs duftenden Treppenstufen zur Straße hinab.

Die „Alte Apotheke"

Zunächst bog sie nach rechts ab und wechselte dann in die Lange Straße, die auch als „Grote Straat" bezeichnet wurde.

Hier war das Zentrum von Lehe mit seinen kleinen und großen Geschäftshäusern, Handwerksbetrieben und Gastwirtschaften. Hier wohnten auch viele Arbeiter, die auf den Werften und in den Häfen Bremerhavens ihr Geld verdienten und sich die verhältnismäßig niedrigen Mieten noch leisten konnten.

Verwitterte und schiefe Bauernhäuser mit ihren tief heruntergezogenen Schindeldächern gab es auch noch in der Langen Straße, und sie verfügten über sehr große Gärten, die sich hinter den Höfen bis zu den Deichen hinzogen.

Von der Dionysiuskirche her erklang vertrautes Glockengeläut: Schon sechs Uhr abends! Im letzten Frühjahr war Frieda in der alten Kirche konfirmiert worden. Damals war ihre kleine Welt noch in Ordnung, der Vater lebte und auch sonst ging alles seinen gewohnten Gang.

Eine kühle Brise von der See her ließ sie frösteln und ihre flatternden Gedanken fanden den Weg zurück in die Gegenwart. Es war unangenehm kühl geworden. Sie schloss den obersten Knopf ihrer Jacke.

Gut, dass sie nun die ´Alte Apotheke´ erreichte und in den warmen, hohen Verkaufsraum mit den verschnörkelten Dosen und Standgefäßen treten konnte. Die ´Alten Apotheke´ war wohl eines der langlebigsten Unternehmen in ihrem Stadtteil. Schon 1680, so hatte es Frieda in der Schule gelernt, gab es diese Institution. „Es mussten viele Generationen von gewissenhaften Apothekerinnen und Apotheker wirksame Kräuter und Medikamente ausgegeben haben, sonst wären sie ja wohl heute nicht mehr dort", sinnierte Frieda.

Im Verkaufsraum warteten zwei weitere Kunden auf die Beratung der Apothekerin. Frieda kannte eine davon. Frau Siemers, die Frau des Hausmeisters ihrer Schule, stand hustend und mit triefend roter Nase, vor ihr und schaute recht mitleidserregend aus.

Jenen vornehmen Herren mit Zylinder kannte Frieda jedoch nicht. Er war wohl nicht aus Lehe. Vielleicht war er auf der Durchreise, denn ein stattliches Auto hatte Frieda in der Dämmerung vor der Tür ausgemacht.

Endlich, nach etlichen Minuten Wartezeit, kam sie an die Reihe. Von der älteren, vertrauenswürdigen Apothekerin ließ sie sich eingehend beraten. Diese hatte schon von dem Schicksal der Familie Gökemeier gehört: „Frieda, ich weiß, dass ihr es zur Zeit nicht leicht habt. Haltet dennoch zusammen. Ihr habt Euch gegenseitig, und der Mensch ist für den Menschen die beste Medizin. Erst dann kommen unsere Medikamente und Kräuter. So, und nun stelle ich Dir eine heilbringende Kräutermischung für Deine kleine Schwester zusammen." Die Apothekerin öffnete einige Dosen und entnahm ihnen getrocknete Pflanzen. Sie schüttelte alle Ingredienzien in eine kleine, beige Papiertüte. Zum Abschluss der Zeremonie erhielt Frieda noch ein Kräuterbonbon. "Lutsch schön langsam, das tut gut in den kalten Herbsttagen", hörte sie die freundliche Stimme der Apothekerin hinter sich rufen.

Etwas fröhlicher verließ sie dann, mit der kleinen Tüte Erkältungstee in der Hand, das altehrwürdige Gebäude.

Das alte Lehe

Im Schein der Gaslaternen konnte Frieda einen leichten Regenschauer wahrnehmen, der sich augenscheinlich verdichtete und sie frösteln ließ. Das Vieh in den nahegelegenen Ställen gackerte, wieherte und muhte und wollte gefüttert oder gemolken werden.

Frieda erinnerte sich wehmütig an den Frühsommer, als sie Bauer Nielsen geholfen hatte, Kartoffeln in die Erde zu bringen und Bohnen zu säen. Diese Arbeit hatte ihr viel Freude bereitet, obwohl sie ja grundsätzlich mit der Landwirtschaft nichts zu tun haben wollte. Sie wollte sich nicht ständig die Hände schmutzig machen und nach Kuhstall stinken, das war klar wie der Sternenhimmel einer Sommernacht. Ihr Ziel war es, Lehrerin für Musik und Erdkunde zu werden! Das waren ihre Lieblingsfächer in der Schule und deswegen konnte sie sich so etwas auch als erfüllenden Beruf vorstellen.

Plötzlich bewegte sich von einer Straßenlaterne weg eine große, massige Gestalt und kam direkt auf sie zu. Ruckartig wurde sie aus ihrem Gedankenfluss gerissen und schleichende Angst stieg in ihr hoch. Sie blickte in beide Richtungen, doch weit und breit war kein Mensch mehr auf der dämmerigen, verregneten Straße zu sehen.

In wilder Panik wollte sie loslaufen, doch eine sonore, altvertraute Stimme ließ sie innehalten. Ach, ein Glück, es war Bauer Nielsen, der sich mit seinem glimmenden Stumpen vom Hof gestohlen hatte. Frieda wusste, dass seine Frau Meta den schweren Zigarrenqualm hasste und er deswegen keinen Ärger haben wollte.

„Na, min Deern, wie geht es denn so?" vibrierte der Bass in ihren Ohren. Frieda senkte den Kopf. Sie wollte eigentlich vorbeigehen, nur kurz: „Moin, Moin" rufen und dann um die Ecke verschwinden. Aber der alte Landwirt hielt sie mit seinen kräftigen Händen am Ärmel fest. „Wollte Dir nur sagen, dass Deine Kartoffeln bestens gekommen sind, es war eine gute Ernte."

Frieda verlor ihre Anspannung und ließ das wohlklingende Lob nachwirken. So oft wurden ihre Taten nun auch nicht gewürdigt.

„Du kannst gerne einen Eimer mit den Erdäpfeln mitnehmen, als Dankeschön fürs Helfen damals", meinte Nielsen. Potztausend, das war ein himmlisches

Angebot! In ihrem Bauch hüpften hundert Bälle freudig auf und ab.

Ihrer Mutter und den Geschwistern würden die Augen übergehen, und sie würden sich bestimmt über die frischen Kartoffeln freuen. Sie könnten wunderbare Köstlichkeiten herstellen, zum Beispiel Bratkartoffeln oder Kartoffelpuffer mit Apfelmus, eines ihrer persönlichen Lieblingsgerichte.

„Hör mal, Frieda", Nielsen sprach nun mit abgesenkter Stimme, „ich habe vom Tod Deines Vaters gehört. Mein Beileid dazu. Das tut mir wirklich leid. Sag´ das auch Deiner Mutter. Herrgott, ich weiß gar nicht, wie die arme Frau Euch alle durchfüttern soll!"

Schon wechselten Friedas Gefühlssprünge ins Dunkle. Heiße Tränen sprangen ihr in die Augen und sie senkte schnell den Kopf. „Nicht schon wieder weinen!" dachte sie, doch ihrem Mund entschlüpfte ein tapferes „Werde ich ausrichten".

„Ich hätte da auch noch ein kleines Geschenk für Dich", eröffnete ihr Nielsen.

Mmh, was das wohl sein konnte? Sie wusste, dass der Bauer gutmütig, aber auch ein wenig schlitzohrig war. „Komm mal mit, ich habe da so ein merkwürdiges

Hühnerpaar, das bei mir nicht so recht auf den Hof passt. Meta schimpft mir zu viel über das seltsame Gegacker, doch diese Brahma- Hühner legen tüchtig Eier."

Blitzartig war Frieda wach und folgte angespannt dem Bauern auf sein Anwesen.

Hühner waren ja ihre Lieblingstiere, und so ein eigenes Paar, vielleicht für eine kleine Zucht, zu besitzen, wäre doch eine wunderbare und spannende Aufgabe! Die neuen Gedanken ließen sie ihre Trübsal vergessen.

Nielsen öffnete die knarzende Eingangspforte des Hühnerstalls, und schon drückten sich zwei kräftige, imposante braun-weiße Riesenhühner selbstbewusst durch die schmale Öffnung. „Zurück mit Euch", schimpfte der Bauer. „Nun, ich hab´s Dir ja gesagt, die sind merkwürdig keck und machen was sie nicht sollen und ärgern meine Steinhühner. Also, ich würde sie Dir geben, aber zurück nehme ich sie dann nicht mehr."

Ohne Zögern willigte Frieda in ihr unverhofftes gefiedertes Geschenk ein und wenige Minuten später polterte sie mit einem Bollerwagen, auf dem die Hühner sowie der Eimer mit Kartoffeln verstaut waren, zurück nach Hause. Sicherheitshalber hatte sie einen bräunlichen, alten Jutesack über die Öffnung gespannt, damit das wilde Federvieh nicht entweichen konnte.

Die holprige Strecke über die Dionysiusstraße war beschwerlich, aber das Glück über so viele schöne Geschenke gab ihr mächtig Kraft und neue Energie.

Erschöpft aber stolz, schleppte sie nach einer Viertelstunde Gehweg ihre neuen Gaben hoch in den ersten Stock. Dort benutzte sie die schnarrende Flügelklingel der Wohnungstür.

„Hier habe ich gute Kartoffeln und zwei schöne Hühner!" sprudelte es aus ihr heraus, als sich die Tür öffnete. Es war jedoch die kleine Sophie, die auf einen Hocker gestiegen war und die Klinke hinunter gedrückt hatte.

„Da, da, kiki, kiki", jubelte sie erkennend, als sie den Korb mit den dicken Hühnern erblickte. „Mama schlafen".

Ach ja, die Mutter lag wohl schon erschöpft von all dem Kummer und den Sorgen im Bett, das sie ja eigentlich mit Sophie teilte. Diese schien nun jedoch recht munter, sprang um Frieda und die neuen Gaben herum.

Zuhause

Die 17 jährige Wilhelmine, verantwortungs-bewusst und schon sehr erwachsen für ihr Alter, kam aus der Küche herbeigeeilt. „Schön, dass Du die Kräuter für Sophie aus der Apotheke geholt hast. Die Kleine ist schon wieder glockenwach! Komm, wir machen ihr noch schnell einen Tee und legen sie dann wieder schlafen", meinte sie augenzwinkernd zu Frieda. „Was hast Du uns denn sonst noch Spannendes mitgebracht?" fragte sie dann, neugierig auf den Korb und den Eimer blickend.

„Wie Du erkennen kannst mein Lieblingsgemüse: Kartoffeln natürlich! Weil ich doch so gut im Frühjahr geholfen habe. Und dann hat mir Nielsen noch für meine ausgezeichnete Arbeit dieses Hühnerpaar hier geschenkt! Das darf ich behalten!"

Ihre große Schwester schaute ungläubig und war sehr beeindruckt. „Mensch, das ist aber sehr großzügig vom ihm, da können wir ja bald jeden Tag ein Ei essen. Wir haben dann insgesamt neun Hühner und zwei Hähne - mit dem Neuen hier.

Wilhelmine hielt nochmals inne und stockte: „Eigentlich kann das nicht gutgehen. Du weißt ja, dass es nur einen Hahn im Hühnerhof geben sollte." Nun schüttelte sie ungläubig den Kopf über den seltsamen Erwerb ihrer tierlieben Schwester. „Hast Du denn schon Namen für sie?" mischte sich Goldlöckchen Johanna in das Gespräch mit ein. Es war so Sitte im Hause Gökemeier, jedem Huhn und jedem Hahn einen eigenen Namen zu geben, auch wenn später das eine oder andere Tier dann im Kochtopf verschwand.

Frieda blickte Wilhelmine erwartungsvoll an. „Dir zu Ehren nenne ich sie Wilhelm und Mine. Und da Du nun Patin bist, musst darauf achten, dass sie von unserem Bruder August nicht geschlachtet werden!"

Das war nun auch wieder eine dieser Eigenarten von Frieda. Sie liebte Huhn und Hahn, aber eben nur lebend. Sie sollten krähen, kratzen und scharren, sie sollten Eier legen und in die Sonne blinzeln, aber geschlachtet werden sollte das bunte Federvieh nicht.

Sie wollte das Liebgewordene, das Vertraute beschützen und Gefahren fernhalten. Dieses Grundansinnen galt für sie sowohl bei ihren Geschwistern als nun auch für ihr geflügeltes Pärchen.

Wilhelmine kannte die Vorstellungen ihrer Schwester nur zu gut und fand diese auch nachvollziehbar. Dennoch hatte sie ein realistischeres und nüchternes Weltbild.

„Das kann ich Dir nicht versprechen. Du weißt wie schwer die Zeiten sind und wie viel Hunger wir oft haben, da zählt der Mensch mehr als die Tiere. Außerdem sind Hühner durchaus als knusprige Sonntagsbraten geeignet, denn wenn sie erst mal in die Jahre kommen, sind sie vom Fleisch her sehr zäh. Nun ja, ich schaue mal, was ich machen kann. Wir haben ja noch weitere Hühner, und da haben unsere „Neuzugänge" erst mal Schonfrist", erwiderte sie kichernd. Wilhelm und Mine gluckerten zustimmend aus dem braunen Korb. „Und was für selbstbewusste Hühner Du da herbeigeschafft hast!"

Platsch, schon klatschte der erste Hühnerdreck auf den frisch gebohnerten Dielenboden und Frieda brachte den gackernden Korb flugs hinunter zu den anderen Artgenossen in den Stall.

„Ich hoffe, es gibt keinen rebellischen Aufstand mit Euch zweien", wisperte sie ihnen hinterher, als sie die beiden im Hühnerhaus freiließ.

Vorteilhaft an dieser abendlichen Zeit war nun, dass das restliche Federvolk schon seine Köpfe ins Gefieder gesteckt hatte und friedlich im Halbschlaf vor sich hin döste. Die würden sich morgen früh sicherlich wundern!

Als nächste Maßnahme wurde für Sophie der Kräutertee gekocht und später recht mühsam und mit viel Geduld der widerstrebenden kleinen Schwester eingeflößt.

Da Frieda Hunger und niemand sonst Lust zum Kochen hatte, band sie sich die graue Schürze um und begann mit den Vorbereitungen. Sie schälte die Kartoffeln, dann eine Zwiebel, rieb diese durch ein Gitter, gab dann in die frische Masse Salz, Pfeffer und ein Ei hinzu; als krönenden Abschluss ihrer Vorbereitungen streute sie eine Prise Majoran in die Masse und goss mit einer Kelle größere Mengen davon in die heiß gewordene Öl-Pfanne.

Der lecker aufsteigende Küchenduft verbreitete sich schnell, sodass bald die ersten neugierigen Köpfe hinter der Küchentür hervor schauten.

Wenn etwas zu essen da stand, waren alle schnell zur Stelle.

Während die kleine Sophie schon bei der Mutter schlief, beförderte Frieda einen Kartoffelpuffer nach dem anderen auf die Teller ihrer Geschwister.

Friedrich, August, Margarethe, Auguste, Wilhelmine, Johanna und Martha verschlangen mit Heißhunger die frisch ausgebackenen Köstlichkeiten.

„Genug für heute." seufzte Frieda in sich hinein, als sie nach zwei Stunden erschöpft, aber durchaus zufrieden mit ihrem Tag, auf ihr kleines Bettlager fiel. Sie hatte in den letzten Stunden ihre erschöpfte Mutter würdig vertreten, ordentlich Essen organisiert und sich als Köchin bewiesen. Das war eine sinnvolle Ablenkung gewesen. Doch nun kamen ihre angstvollen Gedanken zurück.

In ihrem Kopf schwirrten wieder unsortierte Gedanken und bebende Fragen. Wie sollte es weitergehen?

Es dauerte jetzt noch ein halbes Jahr, dann war sie im Frühsommer fertig mit der Schule. Würde sie die Möglichkeit haben auf eine weiterführende Schule zu gehen, die immens viel Geld kostete? Sie wollte sich so gerne bilden, weiterkommen und Lehrerin werden. Doch sie wusste nicht, was wirklich für sie möglich war, ob die Mutter sie unterstützen konnte - wohl eher nicht. Wo sollte das Schulgeld denn herkommen?

Immer wenn sie ins Grübeln und Zweifeln kam und sie nach Antworten in ihrem Inneren suchte, versuchte sie es in einem stillen Gespräch mit Gott. Es war so eine Art Meditation, ein sammelndes Gebet das ihr half, ruhiger zu werden und klare Gedanken zu finden.

Konnte Gott sie hören? Sie spürte, dass es um Gefühle ging, die ihre persönliche Wahrheit trugen. Es war nicht der Verstand im Kopf, der die Antworten wusste. Und irgendwie spürte sie auch, wo ihre Möglichkeiten lagen. Das war wohl außerhalb ihres jetzigen Lebens, außerhalb von Lehe und seinen Anwohnern. Wahrscheinlich aber auch außerhalb einer guten Ausbildung, wie sie von ihrer Freundin Annerike erfahren sollte.

Müde von ihren vielen Überlegungen und dem anstrengenden Arbeitstag schlief Frieda erschöpft ein.

Großfamilie und wenig Platz

Die Situation in der kleinen Wohnung in der Oststraße war schon recht eng. Sie waren insgesamt neun Geschwister. Beginnend mit der Jüngsten, der zweijährigen Sophie, ging die Altersstufenleiter über alle Kinder- und Jugendjahre hinweg und endete beim 19-jährigen Friedrich.

Sie alle mussten zusammen mit ihrer Mutter Platz in der kleinen, einfachen Drei- Zimmer-Wohnung in Lehe finden.

Klar war, dass die Eltern mit der kleinen Sophie das Schlafzimmer für sich alleine hatten. Nur wenn einer aus der Kinderschar erkrankte, durfte er auch mit in das große Elternzimmer.

Vater August fehlte allen schmerzlich. Trotz der Enge hätten sie ihn alle gerne weiter bei sich gehabt.

Doch die täglichen Abläufe blieben die gleichen: Jeden Abend wurde mit fleißigen Händen das Wohnzimmer in ein Schlafzimmer umgewandelt. Aus Matratzen und Decken, die tagsüber in einer Nische lagerten, wurden zur Nachtruhe die Schlafbetten für Martha, Auguste und Margarethe aufgebaut.

Nebenan, in dem winzigen Zimmer, durften August und Friedrich, die beiden Jungen, schlafen und in die Küche, in der Nähe des Kachelofens, legten sich Johanna, Wilhelmine und Frieda zur Ruhe.

Der Preis für das Lager in der Küche war der Küchenduft, der oft noch am nächsten Tag in den Haaren hing. Manchmal dufteten die Mädchen leicht nach Kohlsuppe, wenn sie dann morgens in die Schule starteten. Der heiß ersehnte Haarwaschtag war einmal in der Woche; das Wasser hierfür musste in dem großen Topf auf dem Herd erwärmt werden.

Obwohl die neun Gökemeier-Kinder miteinander gut auskamen, so waren sie doch von ihrer Art her sehr unterschiedlich. Friedrich, der Älteste, war ein stiller, recht ernsthafter junger Mann geworden, der sich nun als Oberhaupt der Familie betrachtete und auf seine Art alles tat, den wirtschaftlichen Unterhalt zu sichern. Er war bereit, seine Bedürfnisse zurückzustellen um zunächst seinen jüngeren Geschwistern Vorteile zukommen zu lassen. Für seine Tischlergesellenprüfung hatte er fleißig gelernt, hing davon doch seine Anstellung und damit eine wirtschaftliche Einnahmequelle ab.

Er hatte wohl eine heimliche Jugendliebe – Emma - aber diese wollte er bis jetzt vor seiner Familie geheim halten. Sie hatten sich schon öfters am Eingangstor zum Speckenbütteler Park getroffen, um dort spazieren zu gehen und die Enten zu füttern. Sein Wunsch war, dieses wunderschöne Mädchen einmal heiraten zu dürfen. Um das zu erreichen, musste er zielstrebig arbeiten und sich zunächst um das Wohlergehen der eigenen Familie kümmern. Friedrich fühlte sich sehr mit Lehe verbunden und würde auch nie aus der norddeutschen Heimat weggehen wollen.

August und Auguste

Sein Bruder August, mittlerweile fünfzehn Jahre alt, war von robusterer Natur, eher bodenständig und lebenspraktisch ausgelegt. Seine einführende Vorstellung: „Ich heiße August und bin auch im gleichen Monat geboren" wurde oft zitiert. August half den Bauern wenn es ans Schlachten ging und bekam hernach für die Familie immer etwas Nahrhaftes mit. Auch wenn ein Huhn aus dem Hofe für einen Sonntagsbraten geopfert werden musste, war es August gewesen, der dem Vater half und anschließend das Huhn rupfte und ausnahm. Frieda war vor diesen Tätigkeiten regelmäßig geflohen.

Schon als kleiner Junge träumte August von einer Auswanderung nach Amerika. Mit leuchtenden Augen berichtete er, dass er eines Tages in New York leben würde und dann die ganze Familie zur Besichtigung der Freiheitsstatue einladen wollte. Ob seine Träume einmal Wirklichkeit werden würden? Jedenfalls stand er oft mit Freunden an der Lloydhalle am Kai und beobachtete die Scharen der reisewilligen Auswanderer, die sich aus ganz Deutschland dort versammelt hatten, um ihre Sehnsüchte und Hoffnungen in der Neuen Welt Amerikas stillen zu können.

Wenn sie dann ernst entschlossen auf das Schiff stiegen und „Muss i denn, muss i denn zum Städtele hinaus" gespielt wurde, da packte es ihn jedes Mal und es lief ihm ein Schauer den Rücken hinunter. Auf der Stelle wäre er gerne mitgefahren, wäre er nur schon älter...

Seine kleine Schwester Auguste, die nun acht Jahre alt war, nahm an den Fernwehträumen ihres großen Bruders regen Anteil.

Sie war für ihr Alter recht patent und lebensklug. Anders als ihre sensible Schwester Frieda, sagte sie den Menschen direkt die Meinung ins Gesicht, manchmal auch recht harsch und undiplomatisch. „Tante Emma, iss nicht so viel Butterkuchen, Du platzt sonst noch, " hatte sie zuletzt bei der Beerdigungsfeier des Vaters einer entfernten Verwandten angeraten. Geschickt war diese offene Art nicht, sprach sie doch ungeniert Wahrheiten aus.

Auguste liebte ihren großen Bruder sehr, und obwohl dieser oft vor ihr flüchtete und lieber mit seinen halberwachsenen Freunden alleine ausgehen wollte, so lief sie oft hinter ihm her und wollte bei seinen Ausflügen mitgenommen werden. „Da kommen August und Auguste", witzelten seine Kumpane, und August schickte seine kleine Schwester mit hochrotem

Kopf und angestrengter Miene zurück nach Hause. Auguste ließ es sich aber nicht nehmen gleich danach von oben das Fenster aufzureißen und der Jungengruppe hinterher zu brüllen: „Wenn Du nach Amerika gehst und ich groß bin, dann komm ich aber mit!" Auch diese Szene bewirkte natürlich peinliche Betroffenheit bei August; krähte die Schwester doch seine geheimsten Pläne über die ganze Straße, sodass alle Nachbarn und die flachsenden Freunde nun Bescheid wussten. Trotz all´ dieser, für ihn peinlichen Auftritte, liebte er seine kleine Schwester. War diese ihm von der Mentalität doch recht ähnlich. Hatte er mal ein Huhn zusammen mit dem Vater geschlachtet, so scheute sich Auguste nicht und half mit ihren 8 Jahren beim Rupfen der Federn. Sie stellte sich sehr praktisch dabei an.

Martha

Obwohl ein Jahr vor Auguste geboren und damit die ältere Schwester, folgte Martha gerne den Vorstellungen und Spielvorschlägen ihrer jüngeren Schwester. Wenn diese versuchte einen kleinen Kreisel mit Hilfe einer kleinen Peitsche auf dem

Kopfsteinpflaster der Straße tanzen zu lassen, so unterstützte sie diese mühevollen Versuche mit Leidenschaft und Hingabe. Eigentlich wusste sie genau, dass er sich besser auf dem flachen Straßenbelag an der Ecke drehen würde, aber sie wollte ihrer Schwester nicht widersprechen.

Marthas große Liebe galt Hunden. Gelegentlich sah man mittlerweile ältere Damen mit kleinen Schoßhunden spazieren gehen. Eine neumodische Erscheinung, die die meisten Mitglieder der Gökemeiers als seltsame Marotte belächelten. Martha jedoch erkundigte sich gerne bei den stolzen Hundebesitzern, ob sie den kleinen Liebling auch mal streicheln oder diesen gar ausführen dürfte.

Sie war eine gute Schülerin, es fiel ihr leicht den Ausführungen und Aufgabenstellungen der Lehrerinnen und Lehrer zu folgen. Fragte man sie nach ihrem aktuellen Berufswunsch, so gab sie unter dem Gelächter der Klasse an, dass sie gerne Hundezüchterin werden wolle, am liebsten für Pudel.

Diese empfand sie als außergewöhnlich edel und klug. Ansonsten käme auch Tänzerin als Berufsziel infrage.

Diese eigenwilligen Wünsche standen im Kontrast zu ihren wirklich guten Schulergebnissen und ließen ihre Lehrer lächelnd die Köpfe schütteln.

„Ich möchte das machen, was Spaß macht, und nicht, was in Euren Augen passend ist ", berichtete sie einmal mit einer gewissen Weisheit am großen Familientisch im Wohnzimmer. Verblüfft schauten sich dann die Geschwister an und die fünfjährige Johanna setzte noch einen weiteren Herzenswunsch hinzu und verkündete träumerisch, dass sie dann gerne Eisverkäuferin werden wollte.

Eisverkäuferin! An dieser Quelle kindlicher Glückseligkeiten tätig zu sein, war ein für alle Familienmitglieder nachvollziehbares Ziel! So brachten diese Plaudereien immer wieder Momente der Freude und allgemeinen Erheiterung mit sich. In der Familie war ein unsichtbares Band gegenseitiger Unterstützung und Verbundenheit vorhanden - und das spürten alle ihre Mitglieder.

Jedes der Gökemeier Kinder wusste, dass sie sich als Geschwister mit ihren jeweiligen Charakterzügen ertragen mussten, sich aber nach außen immer und überall aufeinander verlassen konnten. Dieses Wissen gab ihnen zusätzlich Halt, die allgemeine Notlage bewältigen zu können.

Margarethe

Die älteste Gökemeier Tochter - sie war die
Zweitgeborene der neun Kinder - hieß wie ihre
Mutter. Von allen wurde sie aber nur „Gretel"
gerufen. Gretel war von großer und schlanker Statur;
ihre innere Einstellung spiegelte sich in Ihrem
Äußeren. Gerade weil ihr die schwierigen
Verhältnisse bewusst waren, in denen sie aufwuchs,
strebte sie einen idealen, stabilen Zustand an. Was die
Zukunft anging war sie optimistisch und glaubte
daran, dass jeder Mensch seine Berufung im Leben
finden könne. Früh hatte sie zwar gelernt, die Rolle
der Vertretungsmutter zu übernehmen und war so
mit ihren 17 Jahren eine große Entlastung für die
Mutter. Margarethe hatte diese Rolle geduldig
akzeptiert, hatte aber auch hoffnungsvolle Pläne, eines
Tages aus der Enge der vorgegebenen
Rahmenbedingungen herauszukommen und ihre
Jugend zu genießen. Sie wollte gerne in ihrer Heimat
bleiben und hatte keine Ambitionen, wie so viele
Andere, über den Ozean nach Amerika
auszuwandern. Es gefiel ihr in Lehe. Sie fühlte sich
hier verbunden und am richtigen Ort. Es drängte sie
nicht in den Vordergrund, dennoch hatte sie ihre
klaren Ansichten und einen ausgesprochenen
Gerechtigkeitssinn. Sie erkannte, dass es ungerechte

Verteilungen auf der Welt gab, die es auszugleichen galt. Und sie hoffte insgeheim, dass dies noch zu ihren Lebzeiten geschehen werde.

Von einem jungen Handwerker hatte sie gerade erst gehört, dass die Sozialdemokraten im Reichstag 3 Tage Urlaub im Jahr für die Arbeiter gefordert hatten. Das war eine wundervolle Vorstellung, denn sie hatte ihrem müden Vater öfter angeraten, sich mehr zu schonen. Da es für einen Handwerker normal war bis zu 16 Stunden am Tag zu arbeiten, und das an 6 Tagen in der Woche, konnten ihre Hinweise nicht auf Resonanz stoßen. Für den Vater waren diese utopischen Ideen nicht realisierbar.

Bei Frau Behrens in der Schule

Hastig erhob Frieda sich am nächsten Morgen aus dem Bettlager. Die Sonne blinzelte schon durch das gekippte Küchenfenster und das Gackern der Hühner war sogar im Flur zu hören. Ihre Schwestern schliefen noch tief, sodass sie sich still anziehen konnte und leise Wasser für einen Tee aufsetzte. Auf das graue, grobe Brot vom Vortrag strich sie dünn Margarine. Eine Prise Salz vollendete das Frühstück. Das war's.

Sie nahm den Hausschlüssel und hüpfte die Treppe hinunter um zum Hinterhof zu gelangen. Wie mochte es Wilhelm und Mine ergangen sein?

Erstaunlicherweise bot sich ihr ein friedliches Bild: In dem eingezäunten Grundstück spazierten ihre Hühner und auch die zwei Hähne warteten nun auf Futter. Gierig stürzten sich alle auf die Körner, die Frieda ihnen zuwarf. Sogar drei Eier waren frisch gelegt. Damit dies so weitergehen würde, hatte Frieda einen Trick, den sie ihrem Vater abgeschaut hatte. Sie bröckelte kleinste Mörtelteile von der Mauer und gab sie den Hühnern als Beigabe dazu. So bekamen sie genug Mineralien, damit sie eine harte Schale produzieren konnten.

„Gleich geht es bei mir zur Schule", flüsterte sie ihren gefiederten, bunten Lieblingen zu. Ihre Geschwister mussten ja nicht unbedingt hören, dass sie mit den Hühnern sprach. „Und heute Nachmittag schaue ich wieder nach Euch. Strengt Euch an und legt noch ein paar Eier, sonst sucht August einen von Euch für den Kochpott aus."

Schön fand Frieda ihre Drohung nicht, aber sie wusste, dass es der Wahrheit entsprach.

Nachdem Frieda ihre hauswirtschaftlichen Aufgaben erledigt hatte, wollte sie zum Lernen aufbrechen. Jeden Werktagmorgen, kurz vor acht Uhr, verließ Frieda ihr zu Hause, um ein paar Straßen weiter in die Schule zu gehen.

In die Schule in der Gärtnerstraße ging Frieda mit großer Freude und Enthusiasmus. Zum einen traf sie dort Schulfreundinnen, zum anderen erfuhr sie täglich spannende Erkenntnisse von Frau Behrens, ihrer klugen und selbstbewussten Lehrerin.

Frau Behrens war ein sogenanntes „spätes Mädchen", wie ihr Vater zu sagen pflegte. Sie war groß und schlank, was durch ihr enges und hochgeschlossenes Kostüm noch verstärkt wurde. Natürlich wurde hinter vorgehaltener Hand auch mal ein Witz über ihr strenges Aussehen gemacht, doch tatsächlich genoss sie bei den Schülern großen Respekt.

In der ersten Stunde stand Heimatkunde auf dem Plan.

Im Gegensatz zu ihrem Bruder August, den das Fernweh plagte, lebte Frieda gerne in ihrer Stadt. Daher war sie wissbegierig auf alle Erzählungen, die sie über die Heimat erfahren konnte. Sie liebte Lehe, kam gut mit der frischen Brise und dem regnerischen

Wetter an der Wesermündung klar. Auch wenn die Nordsee mit ihrem rauen Wellengang ihnen oft orkanartige Böen bescherte, so lebte sie doch gerne in dem alten Stadtteil. Vertraut waren ihr lautes Möwengeschrei und die verschiedenen Fischgerüche; auch die lang-gezogenen Erkennungssignale der herein-kommenden Schiffe, die der Wind in die Straßen Lehes trug.

Jeden Werktagmorgen, kurz vor acht Uhr, verließ Frieda nun ihr Zuhause um ein paar Straßen weiter in die Schule zu gehen.

Heute war der Lernstoff praktisch und lebensnah. Frau Behrens wollte etwas über die Zukunfts-wünsche und Pläne ihrer Schüler erfahren: „Auf die Rickmer Werft werde ich gehen und ein guter Bootsbauer werden," meinte der 14-jährige Jan. „Und ich möchte als Lehrererin arbeiten", gab ihre selbstbewusste Freundin Annerike Auskunft.

Annerike hatte es gut, ihre Eltern hatten einen florierenden Kolonialwarenladen, der auch die Finanzierung einer höheren Ausbildung tragen konnte.

Henning aus der Goethestraße wollte unbedingt Soldat werden. „Leutnant", wie er prahlend kundtat.

„Ich möchte Kaiser und Vaterland dienen", erklärte er mit jugendlichem Eifer. Frieda entging nicht die wachsende Anspannung Frau Behrens. Diese bekam von dem einen auf den anderen Moment unschöne, rote Flecken im Gesicht und spazierte nun unruhig in der Klasse hin und her: „Weißt Du eigentlich, wie es an der Front aussieht?" fragte sie urplötzlich. „Weißt Du, dass es dort Giftgas gibt, gegen das Du Dich kaum wehren kannst?"

Die schroffe Reaktion der Lehrerin weckte den Widerstand von Hennig; er fühlte sich provoziert und verunsichert. „Bah, dann werde ich eben einen Heldentod sterben!" gab er trotzig zurück. Frau Behrens ereiferte sich: „Du weißt es leider nicht besser, mein Junge, und vielleicht hat Dir Dein Vater auch diesen Floh ins Ohr gesetzt. Ich hoffe allerdings für Dich, dass Dir der Krieg erspart bleibt. Und wenn Du tatsächlich losziehen musst, dann wirst Du hoffentlich noch sehr viele Lederschuhe als Stiefeljunge polieren müssen, bevor Du schießen solltest!"

Nun schaute Henning verlegen und unsicher; hatte er sich doch überschwängliche Resonanz für seine Kriegsbegeisterung erhofft.

Nun bescherte ihm sein Beitrag nur Schmach und Ablehnung; wie er das hasste. Frieda bemerkte auch die Zornesröte in seinem Gesicht, diesen verzweifelt-grimmigen Blick, den sie zuvor so noch nie gesehen hatte.

Schweigend und zitternd vor Wut, setzte er sich langsam zurück auf die Bank. Die Lehrerin würde seine Rache noch zu spüren bekommen.

Frau Behrens hingegen schien die Auswirkung ihrer Ablehnung nicht sehen zu wollen und setzte ihre Fragen an die Klasse fort: „Frieda, wie sieht es denn bei Dir aus? ", wandte sich die Lehrerin nun an ihre zurückhaltende, aber wache Schülerin. „Ich würde eigentlich auch gerne Lehrerin werden. Für Heimatkunde und Musik, so wie Annerike", flüsterte Frieda leise vor sich hin.

Für diesen Beitrag erntete sie aufbrausendes Gekicher und ablehnende Blicke bei den Mitschülern. „Das glaubst Du doch selbst nicht, dass Du das schaffst", platzte es aus Knut aus der letzten Reihe heraus. „Deine Familie hat ja gar nicht das Geld, ihr seid doch viel zu viele Kinder und ohne Vater!" Das saß. Grausame Wahrheiten konnten die Mitschüler sehr wohl aussprechen. Frieda spürte wie sich Tränenströme ihren Weg über die Wangen bahnten, doch sie versuchte, Haltung und Würde zu bewahren: „Das ist aber mein Wunsch", stammelte sie und „jeder kann doch hier seine Meinung sagen".

Frau Behrens versuchte zu beruhigen: „Wo ein Wille ist, ist auch ein Weg", entgegnete sie. „Ihr habt das Leben noch vor Euch und vieles ist möglich. Wer Gottvertrauen hat und tüchtig ist, der kann auch viel erreichen."

Die Pädagogin war sehr gläubig und manchen Schüler ging sie mit ihren frommen Ansichten auf den Geist, aber Frieda halfen die ermunternden Worte. Zwar ahnte sie im tiefsten Inneren, dass die Verwirklichung ihres Berufszieles auf wackligen Füßen stand, denn auch in ihrer Familie gab es wenig Verständnis, geschweige denn Begeisterung für ihre Vorstellungen. Dennoch verließ sie nie der Mut; es war diese Ahnung, dass die Dinge sich für sie zum Besseren entwickeln konnten. Sie spürte es.

Erwachen

Das durchdringende Klingeln der Pausenglocke ließ sie aus ihren Gedanken aufschrecken. „Los, wir springen Seil, komm!" Annerikes helle Stimme brachte Frieda zurück in die Gegenwart. Sie stürmten gemeinsam auf den Pausenhof, der von einer hohen, roten Backsteinmauer umgeben war.

Die alte Buche in der Mitte des Platzes ließ ihre langen Äste im warmen Herbstwind sanft hin- und her schwingen. Im letzen Sommer war ein offenkundiger Riss durch die Abschlussklasse der Schule gegangen: Auf der einen Seite waren da junge Mädchen, die tuschelnd und kichernd beieinander standen und sich gegenseitig von ihren ersten Schwärmereien erzählten. Auf der anderen Seite gab es die Gruppe der Mädchen, die heimlich als „Kindsköpfe" bezeichnet wurden, da sie weiterhin Seil sprangen, Kinderlieder sangen oder Hüpfspiele mit einem Stein veranstalteten. Dieser Entwicklungsspalt innerhalb der Schülerinnen wurde auch vom erfahrenen Lehrerkollegium bemerkt und entsprechend kommentiert.

Schuldirektor Müller hatte Frau Behrens schon wegen ihrer „Backfische" aufgezogen, die nicht mehr Kind, aber auch noch nicht junge Frau waren, und heute hörte Frieda ihn sinnierend sagen: „Diese Kinder sind alle wahre Wundertüten - man weiß nie so genau, was alles in Ihnen steckt. Oft war ich schon überrascht über die Entwicklungen, die mit ihnen geschehen sind. Frieda zum Beispiel, die hat einen Sprung gemacht, richtig flügge und reif ist sie geworden."

Die beim Lauschen Ertappte lief rot an und hüpfte angestrengt mit ihrem Springseil weiter. Frau Behrens flüsterte ihrem Kollegen zurück: „ja, es wäre schade, wenn sie nur in den Haushalt gehen würde. Ich hoffe, sie bekommt ihre Chance im Leben."

Während die Lehrerin so mit ihrem Kollegen diskutierte, beobachtete sie Frieda. Mit ihren strohblonden Haaren, auf denen die Mittagssonne strahlte, sah sie heute irgendwie besonders und geheimnisvoll aus. Gerade schien es, als ob ein goldener Schleier auf dem Kopfe ihrer Schülerin tanzte. Verwundert rieb sich die Pädagogin die Augen. Was für seltsame Trugbilder sah sie da? Innerlich gab sich Frau Behrens einen Ruck und setzte wieder ihren routinierten Blick als Pausenaufsicht ein, um das allgemeine Schulhofgeschehen weiter zu verfolgen.

Auch in der dritten Stunde setzte Frau Behrens hartnäckig ihre Fragen fort, schritt durch die Sitzreihen und wollte von ihren Schülerinnen und Schülern etwas über deren Zukunftsvorstellungen erfahren.

Dass Klaas in die Landwirtschaft seines Vaters gehen wollte, war schlüssig, schließlich hatte Bauer Stehnken einen großen Gutshof mit vielen Kühen gleich hinterm Deich. Doch dass die schüchterne Agnes gerne Tänzerin werden wollte, war für alle eine Neuigkeit, wurde jedoch auch gleich als unrealistischer Jugendtraum belächelt.

„Bildet Euch weiter, denkt nicht zu früh ans Geldverdienen. Der Ernst des Lebens beginnt früh genug", führte Frau Behrens ihre Ausführungen fort. „Es hilft Euch und auch Euren Familien nicht wirklich, wenn ihr kurzfristig zwar Geld nach Hause bringt, ihr aber auf lange Sicht von der Hand in den Mund lebt. Auch wenn Ihr Widerstand und Murren bei Euch zu Hause habt, versucht Euren Wünschen und Träumen näher zu kommen", betonte sie. Wir leben in einer schwierigen Zeit, wir sind im Krieg, und die Versorgungslage für die Zivilisten wird möglicherweise noch enger werden. Alles wird für den Kaiser und seine Mannen gegeben und die Bevölkerung, also wir, bleiben auf der Strecke."

Ungefragt sprang Jan auf und haspelte erregt:„Frau Behrens, das ist nicht richtig, was Sie sagen! Es geht hier um das Vaterland und Kaiser Wilhelm hat große Pläne mit uns vor!" Die Zornesfalten auf der Stirn der

Lehrerin waren zurück und Frau Behrens wirkte aufgeregt, beherrschte sich aber um gemäßigt zu sprechen: „Nun, Du meinst es gut Jan und willst Dich ja auch in den Dienst des Vaterlandes stellen. Aber bedenke, dass die nationale Begeisterung schnell an ihre Grenzen stößt, wenn Menschen hungern und sterben müssen." Herrgott nochmal, da hatte die Lehrerin schon wieder Erschreckendes gesagt!

Es herrschte ängstliche Spannung im Klassensaal. Beunruhigt rutschte Frieda auf ihrem harten Holzstuhl hin und her. Warum nur regte sich die geliebte Lehrerin heute nur andauernd so schrecklich auf und verlor ihre Fassung? Was war denn los mit ihr? Sie gab ja überhaupt keine Ruhe mehr.

So aufgeregt hatte sie die umher laufende Lehrerin noch nie gesehen: „Keine Ahnung hat diese Regierung, das Geld ist bald nichts mehr wert, den Goldanker haben sie schon aufgehoben", stammelte Frau Behrens. „Die bringen uns noch alle um mit ihrem Kriegsgerassel."

Nach ewigen Sekunden des Schweigens zupfte und nestelte sie an ihrem dunkelblauen Kostüm herum, rückte die große Schleife ihrer Bluse zurecht und nahm an ihrem wuchtigen Holzkatheder wieder Platz.

„Genug davon", sie sprach mehr zu sich selber als zur Klasse:„Jetzt geht es ums Praktische." Noch immer lag lähmende Stille über der Klasse. Es herrschte Entsetzen über den Ausfall der Lehrerin. Jeder Schüler war geschockt über die frei-gewordenen Emotionen, gleichzeitig ahnten viele, dass sie gerade Zeugen von etwas sehr Wahrem und Ernsthaftem geworden waren. Zur Überraschung aller ging sie nun wieder in ihren normalen Plauderton über.

„Gut, wer von Euch hat eine Vorstellung wie man mit einer Reichsmark am Tag eine Familie durchbringen kann?" fragte sie.

Nun war Friedas Stunde gekommen: „Wir könnten Pfannenkuchen mit Apfelmus machen." Wieder fing die Klasse an zu lachen; die Szene kam den Schülern unrealistisch und irgendwie lächerlich vor. Doch Frau Behrens reagierte prompt: „Ja genau, eine gute und praktische Küchenidee. Wo nimmst Du denn die Zutaten her?" „Och, ganz einfach, die Äpfel liegen am Wegesrand oder auf dem Boden, und alles, was über dem Zaun hängt oder ich auf der Straße oder auf dem freien Feld finde, kann ich doch mitnehmen. Die faulen Stellen beim Apfel schneide ich heraus und mir schmecken die überreifen Äpfel sowieso am besten. Die Eier liefern unsere Hofhühner", berichtete Frieda nun mit hochrotem Kopf. „Mehl und Zucker muss ich allerdings noch beim Colonialwaren-Händler kaufen", fiel es ihr ein. „Das Einzige was anstrengend ist, ist dass ich stundenlang am Herd stehe, denn wir sind ja eine so große Familie und jeder möchte ein oder zwei davon."

„Das hast Du sehr schön vorgetragen", lobte die Lehrerin. „Sicher haben viele von Euch auch eigene Lieblingsgerichte, die einfach und günstig herzustellen sind. Ich möchte mehr davon hören. Macht Euch mal bis zum nächsten Donnerstag ein paar sinnvolle Gedanken über erschwingliche und nahrhafte Gerichte, die Ihr als Hauptmahlzeit anbieten könnt. Die drei besten Rezepte werden an unser Schwarzes Brett gebracht und es gibt eine lobende Erwähnung im Klassenbuch."

Zunächst war verhaltenes Naserümpfen die Folge, aber dann schnellte der Lärmpegel im Klassenraum in die Höhe und jeder hatte einen Beitrag beizusteuern. Jede Schülerin dachte über organisierbare und appetitliche Gerichte nach. Nur die Jungs in der Klasse zeigten gelangweilte Gesichter. Mit Hausarbeit und dazu noch in ihren Augen Mädchenarbeit, wollten sie nicht so viel zu tun haben.

Die Klingel schrillte abermals und für heute war die Schule fertig. Herrlich, heute war es richtig spannend, aufregend und abwechslungsreich gewesen!

Zusammen mit ihrer Freundin Annerike verließ sie das Klassenzimmer. Die beiden Mädchen waren Freundinnen seit dem ersten Schultag. Frieda fühlte sich von Annerikes klarer und ehrlicher Art angezogen; sie war beeindruckt von der Zuverlässigkeit und Gradlinigkeit der Kameradin. Stets hatte diese ehrliche Antworten auf schwierige Fragen gegeben und wenn diese manchmal weh taten, so fühlte Frieda doch im Inneren, dass die Freundin mit ihren Einschätzungen richtig lag. Annerike wiederum fühlte sich von Friedas ruhiger und einfacher Art angezogen. So richtig benennen konnte sie ihre Faszination nicht; manchmal hatte sie den Eindruck, dass Frieda eine besondere Ausstrahlung, ein inneres Licht hatte, dass sie erleuchten ließ und sie außergewöhnlich machte.

Heute gab es Neuigkeiten. Schon vor dem Schultor zog Annerike Frieda zur Seite: „Am Wochenende möchte mein Vater eine Landpartie mit seinem neuen Wagen zur Küste machen; wir wollen nach Cuxhaven fahren. Möchtest Du mit?" Überrascht und völlig verdutzt blieb Frieda mit offenem Mund stehen: „Wirklich, ich darf mit?", fragte Frieda ungläubig.

„Klar, Paps und Mama sitzen vorne in unserem Ford und hinten im Wagen haben wir noch Platz für zwei Personen. Deswegen darf ich eine Freundin fragen. Und da dachte ich gleich an Dich!"

„Ich würde zu gerne mitkommen, aber ich muss wohl zu Hause erst um Erlaubnis fragen", stieß Frieda hervor. Noch nie war sie in einem dieser neumodischen, hochpolierten Stahlungetüme mitgefahren. Sie war sich auch nicht sicher, ob ihre Mutter die Zustimmung geben würde. Diese glückverheißende, unverhoffte Einladung aus dem Hause der wohlhabenden Annerike!

Vor lauter Freude lief ihr eine Gänsehaut über die Arme. Mensch, sie wollte unbedingt mit, koste es was es wolle!

Natürlich kam es anders. Zu Hause schüttelte Mutter Margarethe energisch und kategorisch den Kopf, als Frieda ihr Ansinnen vortrug. „Nein, auf keinen Fall möchte ich, dass Du da mitfährst", rief die Mutter. „Meine neun Kinder möchte ich heil und unversehrt aufwachsen sehen. In das schwarze Monstrum steigst Du mir nicht ein."

Frieda war verzweifelt, aber auch fest entschlossen, diesmal nicht zu gehorchen. Also tat sie so, als ob sie die Absage ihrer Mutter akzeptiert hatte. Sicher meinte diese es nur gut mit ihr, reine Vorsichtsmaßnahme, das war ihr schon klar. Doch am nächsten Sonntag wollte sie unbedingt an dem Abenteuer teilnehmen!

Schwerfällig - wie dicke Hafentaue - schleppten sich die nächsten Tage dahin und Frieda fieberte dem Wochenende entgegen. Nach außen versuchte sie ihre steigende Anspannung gegenüber den Geschwistern und der Mutter nicht anmerken zu lassen.

Still und strukturiert arbeitete sie den Mittwoch, Donnerstag, Freitag und Samstag ab, half im Haushalt und bei der Betreuung der kleinen Schwester, kümmerte sich um ihre Hühner, und blieb insgesamt wortarm und zurückhaltend.

Dennoch kam es am Samstag überraschend zu einem Zwischenfall mit plötzlichem Gefühlsausbruch.

Ganz nebenbei hatte die Mutter ihr eröffnet, dass sie im nächsten Frühjahr mit ihrer Schwester Wilhelmine auf einen Gutshof nach Oxstedt geschickt werden sollte. Sie könnten dort bei einem entfernten Verwandten auf dem Hof als Hausmädchen lernen und arbeiten und natürlich sollten sie dort auch dauerhaft wohnen.

„Nein", schrie Frieda entsetzt auf, „ich möchte doch Lehrerin werden und nicht in Kuhmist ersticken, wie kommst Du denn auf so eine entsetzliche Idee?" fuhr Frieda heftig ihre Mutter an.

Resignierend und müde nickte diese. Sie wusste natürlich von dem geliebten Berufswunsch ihrer Tochter, sie wusste aber auch, dass diese Ausbildung nicht finanzierbar war. Schwach und energielos für kräftezehrende Reibereien erklärte sie nun lapidar: „Es tut mir leid, aber nach dem Tode Deines Vaters kann ich Dir diesen Wunsch nicht erfüllen. Du siehst doch, wie es bei uns ausschaut." Fast vorwurfsvoll blickte die Mutter sie nun an.

„Bei Wilkens in Oxstedt wirst Du und Wilhelmine es gut haben, ihr werdet auf die Haus- und Hofarbeit vorbereitet, lernt fürs Leben und genug zum Sattwerden bekommt ihr auch."

Jetzt riss Friedas Geduldsfaden und sie tat etwas, was sie noch nie getan hatte und ihr auch hinterher leid tat. Sie packte ihren halb gefüllten Frühstücksteller und stürzte ihn mit einem riesigen Handschwung kopfüber auf den Küchenboden. Dann sprang sie noch mit beiden Füßen auf ihn drauf, so dass Brei aus der Tellerseite herausquoll. Verzweifelt brüllte sie ihre Mutter an: „Ich pfeif auf das blöde Essen, immer geht es nur darum. Ich möchte lieber was Richtiges lernen, ich will auf die höhere Schule und mich nicht zur Minna machen lassen."

Aus allen Ecken der Wohnung eilten die Geschwister herbei, die kleine Sophie hatte angefangen zu weinen.

„Es reicht, Frieda", ergriff nun die ältere Wilhelmine das Wort: „Wir müssen vernünftig sein. Ich komme ja mit und wir werden bestimmt eine gute Zeit dort haben. Du wirst schon sehen. Jetzt räumen wir aber mal erst die Schweinerei auf."

Sie holte geschwind einen kleinen Besen und eine Schippe herbei und begann die Essenreste zusammenzukehren. „Geputzt werden muss auch noch", seufzte sie, aber Frieda war noch ganz in ihrem Zorn und hörte sie nicht. Alle Familienmitglieder verzogen sich in die verschiedenen Ecken der kleinen Wohnung, damit Frieda wieder ihre Fassung gewinnen konnte.

Mutter Margarethe

Mutter Margarethe seufzte: Das Leben war so anstrengend geworden nachdem ihr August nun nicht mehr da war. Sie war jetzt 40 Jahre alt und hatte neun Kinder zur Welt gebracht. Alle neun brauchten noch ihre Aufmerksamkeit und Fürsorge, ein jedes auf seine Weise. Sie dachte wehmütig an vergangenen Zeiten. August hatte, kaum dass er sie beim Bäcker erblickt hatte, früh auf eine Heirat gedrängt und um ihre Hand angehalten. Schon mit 21 Jahren bekamen sie ihren ersten Sohn Friedrich. Warum August so früh auf eine Familiengründung gedrängt hatte, machte erst jetzt einen Sinn. Wenn sie gewusst hätte, dass er schon mit 46 Jahren sterben würde, hätte sie das gemeinsame Zusammensein bewusster gelebt. So aber stolperte sie gleich in ihre vielen Aufgaben und Verantwortlichkeiten hinein, und die gemeinsamen Ehejahre flogen mit dem Schaffen einer wirtschaftlichen Grundlage, mit Kindererziehung und der vielen Hausarbeit dahin. Es gab für sie keine Ferien und keine freien Tage.

Von nun auf gleich stand sie nach arbeitsreichen Ehejahren alleine da, war schmal geworden, blass und abgearbeitet. Sie wusste, dass von ihrer körperlichen und geistigen Kraft nun alles abhing.

Als Familienoberhaupt musste sie es schaffen, die gesamte Familie sicher durch die Wirren und Unwägbarkeiten der kalten Kriegszeiten zu bringen. Bis zum ersehnten Frühjahr war es noch weit.

In der wärmeren Jahreszeit bestand ihre Lieblingsbeschäftigung darin, im Garten hinter dem Haus, zu hacken und zu rackern, um dem festen Lehmboden möglichst gute Ernteergebnisse zu entlocken. Bohnen, Kohl und Rüben wurden angepflanzt, im Frühsommer pflückte sie emsig Erdbeeren und Johannisbeeren von Stauden und Sträuchern. Einfallsreich wurde der Garten ertragreich beackert. Hörte sie das Hufklappern von herannahenden Pferden auf der Straße, so musste eines der Kinder mit Schaufel und Eimer die Treppen hinunter flitzen und herabfallenden Pferdemist aufkehren. Die Kinder schämten sich für solche Aktionen; es war ihnen unangenehm, die „Pferdeäpfel" aufzukehren. Aber Mutter Margarethe schwor auf diesen wertvollen Dung, den sie anschließend gleich in die Gartenerde verarbeitete. „Wir bekommen durch den Dung das beste Gemüse, glaubt es mir", erklärte sie es ihren Jüngsten immer wieder.

Tatsächlich gelang es ihr mit Improvisationsgabe und allgemeinem Alltagsgeschick eine ganze Menge auf die Beine zu stellen. Auch die Tatsache, dass sie als junge Frau Hausmädchen in einem Bäckerhaushalt gewesen war, kam der vaterlosen Familie jetzt in der kargen Kriegszeit zugute. Vorbei an staatlich zugeteilten Brotrationen auf Karte, steckte ihnen die alte Bäckersfrau hin und wieder ein Extrabrot zu. Margarethe versuchte sich dann mit zwei, drei Eiern aus dem heimatlichen Hühnerstall zu revanchieren. Lebensklug und mit eiserner Entschlossenheit, hatte sie sich als persönliches Ziel gesetzt, alle ihre Kinder bis zum Erwachsensein zu begleiten. Danach, so hatte sie es sich selbst geschworen, konnte der liebe Gott mit ihr machen, was er wollte.

Dass sie tatsächlich noch ein gesegnetes Alter von 78 Jahren erreichen und sogar Amerika besuchen würde, konnte sie zu diesem Zeitpunkt, im Jahre 1914, noch nicht wissen.

Sonntagsausflug

Endlich war der ersehnte Sonntag da, und voller Schwung und Energie war Frieda schon gegen sechs Uhr morgens erwacht. Auch Hahn Wilhelm hatte im

Hinterhof mit voller Inbrunst den neuen Tag begrüßt.
„Kräh´ nicht so laut, sonst wird August Dir noch den
Hals umdrehen", dachte Frieda auf ihrem Lager.
Behände und leise erhob sie sich, zog sich an und
schlich aus der Küche, vorbei an den schlafenden
Schwestern, hinunter zum Hühnerstall.

Die Zeit bis sieben Uhr verbrachte sie mit Garten-
arbeiten, Hühnerfüttern, Stall ausmisten, um am Ende
mit sechs frischen Eiern im Korb wieder oben in der
Wohnung anzukommen. Nach einem kurzen
Frühstück begann sie mit ihrem gründlichen
Morgenputz. Die Haare hatte sie sich gestern Abend
schon beim wöchentlichen Waschtag gereinigt, nun
begnügte sie sich mit kaltem Wasser und Kernseife
für die gründliche Körperpflege. Danach zog sie ihre
schönsten Kleidung an: einen langen, dunkelblauen
Leinenrock mit blauen Kornblumen als Muster, dazu
eine beige Bluse mit wenig Rüschen, die sie bis über
die Hüften trug und mit einem breiten, dunkelblauen
Gürtel zusammenraffte. Ihre blonden Haare fasste sie
zu einem Dutt und umwickelte ihn mit einem
dunkelblauen Seidenband. Zufrieden mit ihrem
hübschen Sonntagsanzug verließ sie kurz vor acht Uhr
die Wohnung. Sie hinterließ auf dem Küchentisch
einen Zettel mit ihrer verschnörkelten Handschrift:
„Bin mit Annerike unterwegs"

Das war nicht geflunkert, entsprach aber nur der halben Wahrheit. Flugs sprang sie leichten Schrittes die Pflasterstraße entlang und bog rechtzeitig um die Ecke. Vor Annerikes Haus stand glänzend der Stolz des Vaters Hinrichsen: Es war ein Ford T- Modell aus Amerika, das er vor einigen Tagen erworben hatte.

Herr Hinrichsen öffnete die Wagentür und Frieda durfte auf der ledernen Rückbank neben ihrer Freundin Platz nehmen.

Der offene Viersitzer sah prächtig aus, und die Aufmerksamkeit hinter so manchem Fensterglas war ihnen sicher.

Herr Hinrichsen warf vorne mit der Handkurbel den Motor des großen Wagens an und das mächtige, glänzende Gefährt erzitterte zum Start.

Vor Freude und Aufregung schlug Friedas Herz bis zum Hals. Im Wageninneren wurde der intensive Geruch der Ledersitze nur durch das schwere Parfüm von Annerikes Mutter übertroffen. Von ihr sah Frieda lediglich den großen eleganten Hut.

„Auf geht´s nach Cuxhaven", tönte die tiefe Bassstimme des Vaters. „Wir werden noch ein, zwei Zwischenaufenthalte einlegen. Ich will noch bei meinem Freund Onno in Oxstedt vorbeischauen und auf dem Rückweg geht's über Bederkesa. Geschäft und Leben müssen Hand in Hand gehen."

Als der Begriff „Oxstedt" fiel, zuckte Frieda unwillkürlich zusammen. „Die werden sich doch nicht mit meiner Mutter zusammen getan haben und mich dort abliefern", erschrak sie. Doch gleich darauf verwarf sie den Gedanken. Sie würde ja erst einmal die Schule beenden dürfen und dann würde dieser neue, unerfreuliche Lebensabschnitt beginnen. Heute aber wollte sie sich amüsieren und den Sonntagsausflug genießen.

Durch das geöffnete Fenster wehte eine warme Herbstbrise in das Autoinnere. Ungewöhnliche 20 Grad hatte es schon am Morgen und es duftete nach Herbstlaub und reifem Obst.

Ein zufriedenes Lächeln zauberte sich auf ihr Gesicht. Juchheee, sie durfte dabei sein! Sie war gerade dabei, gewaltig neue Welten für sich zu entdecken, fern der alltäglichen Sorge und Enge. Sie war draußen! In Freiheit! Wunderbar!

Der Vater von Annerike trug – festgehalten von einer feinen Kette - eine goldene Taschenuhr in seiner linken Westentasche. Er schien sehr stolz auf dieses Kleinod zu sein. Frieda sah, wie er diese öfters betrachtete und berührte. Neugierig geworden über den nicht zu übersehenden Besitzerstolz fragte sie Herrn Hinrichsen nach deren Herkunft. „Ach, ja, ich habe die Taschenuhr von meinem ersparten Lehrgeld gekauft. Das war noch in Elsfleth, und ich war ein junger Mann von 19 Jahren, gerade mit meiner Ausbildung als Kaufmannsgehilfe fertig. Ich wollte mir etwas Gutes zu diesem Anlass gönnen, etwas, das lange, vielleicht ein Leben lang, hält. Da sah ich diese schöne Uhr in einem kleinen Geschäft in meiner Heimat und habe mich gleich in sie verliebt. Auch wenn sie damals schon sehr teuer war, konnte ich nicht anders und habe sie erstanden. Der Juwelier Wempe hat mir auch einen ordentlichen Preis gemacht, und so begleitet mich das gute Stück schon mein ganzes Leben lang. Sie ist so etwas wie mein Glücksbringer. Läuft die Uhr gut, läuft auch das Geschäft gut. Und das ist für mich wirklich so. Bis jetzt hat dieses kleine technische Wunderwerk tadellos funktioniert und macht mir täglich viel Freude. Eine treue Wegbegleiterin", grinste Herr Hinrichsen seine Gattin an. Gespielt entrüstet reagierte Frau Hinrichsen: „Meinst Du mich oder Deine geliebte Uhr?"

Der Wagen fuhr rasante 40 Stundenkilometer und wirbelte auf der trockenen Lehmpiste ordentlich Staub auf. Links und rechts des Weges wurden die Häuserreihen spärlicher und es wurde allmählich immer grüner. Von nun an fuhren sie durch Alleen. Ab und an sah man Kühe zufrieden und wiederkäuend auf der Weide grasen. Frieda entdeckte einen Graureiher, versunken in der Herbstwiese. Schleierwolken standen vereinzelt am sonst klar-hellblauen Himmel und der Horizont war weit, unendlich weit, und sie fühlte sich frei, genauso wie ihre Gedanken nun frei dahinflogen. Keiner im Auto sprach und alle genossen die flotte Fahrt mit den vorbeiziehenden bunten Panoramabildern. Endlos konnte es so weitergehen.

Doch auch die schönsten Läufe müssen enden, und so bremste Herr Hinrichsen jäh ab, als er die ersten reetgedeckten Bauernhäuser eines kleinen Weilers sah. „Ah, da haben wir ja schon das Fleckchen Oxstedt, geliebte Heimat von Onno. Wir bringen ihm mal kurz die bestellte Ware vorbei. Auf diese Spezialschrauben wartet er ja schon lange."

Sie hielten vor einem älteren, beeindruckenden Hof. Seine roten Klinkersteine waren vom Ansturm rauer Nordwinde und ewig trommelnder Regengüsse verwittert und verblasst. Bestimmt hatten schon die

Urahnen des Bauern in diesem Gehöft gelebt und gearbeitet.

Frieda betrachtete die Inschrift über dem wuchtigen Tor: „Wer Gott vertraut, hat wohl gebaut."

Aufmerksam geworden durch das Hupen des Fords beim Eintreffen, kam ihnen ein großer, hagerer Mann in grüner Arbeitskleidung entgegen. Seine Pfeife ließ er im Munde stecken. „Moin, Hinnerk, fein, dass Du an mich gedacht hast."

Er nahm den Korb mit den bestellten Werkzeugen entgegen, schaute grüßend in das Wageninnere und meinte verschmitzt : „Oh, Du Glücklicher, gleich drei Weibsleute dabei, und eine hübscher als die andere", wohl sehend, dass es die Ehefrau und zwei heranwachsende junge Mädchen waren. „Dann macht Euch mal einen schönen Tag an der See ", rief er noch hinterher, als sie schon wieder den Motor anwarfen.

Und weiter ging es nun Richtung Nordsee. Frieda schmeckte die salzhaltige Luft auf ihren Lippen und beobachtete immer mehr Möwen, die als Meeresboten am Himmel kreisten. Auf der letzten Anhöhe hatte sie mit freudigem Blick die weite, blau-graue See ausgemacht.

„Wir sollten das öfters machen, Heinrich, so eine wunderbare Ausfahrt", brach Mutter Hinrichsen das Schweigen. "Wir sehen heute so viel Neues und erkunden dieses schöne Fleckchen Erde. Es ist schon wahrlich eine Ewigkeit her, dass ich in Cuxhaven am Strand war."

„Baden können wir heute aber nicht", scherzte der Vater. Es ist ja schon Herbst, auch wenn wir heute einen goldenen Oktobertag erwischt haben. Ich dachte, ich lade Euch als Ausgleich für entgangene Badefreuden auf dem Rückweg dann in Bederkasa ein. Es gibt dort ein Rittergut mit einem kleinem Ausschank, wo es frisch gebackenen Butterkuchen gibt."

„Eine Einladung, so ein Glück!", durchfuhr es Frieda, denn einen Besuch in einem Café kannte sie nur von Erzählungen.

Cuxhaven anno 1914

Das Nordseebad Cuxhaven zeigte sich an diesem schönen Oktobermorgen im Jahre 1914 von seiner besten Seite. Die Nordsee, sonst schon herbstlich fahl und in regnerischen Grautönen, reflektierte frisch und hellblau von den Strahlen der Sonne.

Flugs ging es durch die Bahnhofsstraße an dem stolzen Wasserturm vorbei, eines der Wahrzeichen der Stadt, immer weiter runter an den Hafen. Das alte Hotel „Continental" hatte sich für die eintreffenden Reisenden schön herausgeputzt und das Gebäude strahlte gediegene Gastlichkeit und Komfort aus.

Als zusätzliche Überraschung bot Herr Hinrichsen einen einstündigen Ausflug auf dem Passagierdampfer „Cuxhaven" an. Freudig stimmten alle Sonntagsausflügler dem Angebot zu, und schon wenige Minuten später betraten sie eines der Boote am Hafen. Bunte Wimpel flatterten im starken Wind, als sie das Hafenbecken hinter sich ließen. Schummrig durch den leichten Seegang wurde es Frieda auf dem Boot, das nun im wiegenden Gleichklang der Wellen auf und nieder stob. Nach Futter heischende, kreischende Möwen begleiteten das Schiffchen. Doch nicht überall sah es so heimelig und freundlich aus. Am Ufer erblickten die Ausflügler graue Kriegsschiffe, deren große Kanonen drohend in den Himmel zeigten.

In die friedliche Sonntagsstimmung wollte dieser Anblick nicht so recht passen. Ein Matrose der Marine war schrubbend an Deck zu sehen.

Frieda und Annerike schauten lieber auf das grau-blaue Meer hinaus und erfreuten sich an dem Glanz, der auf den schäumenden Wellenkronen lag.

Es war kein Glücksgefühl was Frieda erfasste, aber doch ein Gefühl tiefer Ruhe und Geborgenheit. Sie wusste, dass dies hier ihre Heimat und ihr Zuhause war: Die norddeutsche Küste mit ihrer rauen, salzhaltigen Luft, die segelnden Möwen am Himmel, der lange, graue Horizont, der unvermittelt die Konturen eines Schoners freigab. Hier war sie richtig.

Jemand an Deck stimmte das Lied: „Eine Seefahrt, die ist lustig" an und ein junger, blonder Mann setzte mit seinem Akkordeon ein. Annerike und Frieda sangen nun auch die Seemannslieder mit, denn sie wollten den Alltag mit spontaner Fröhlichkeit abstreifen.

Als sie nach einer Stunde Frischluftfahrt wieder in den Hafen einliefen, hatten alle Ausflügler mächtig Appetit.

„Wir besuchen jetzt das bekannte Restaurant ´Fischereihafen´, schlug Vater Hinrichsen vor. „Die haben frische Nordseescholle mit Kartoffelsalat, auch der Matjeshering nach Hausfrauenart ist dort sehr lecker" und er stellte auf diese Weise schon mal seine Vorstellungen zum Landgang dar.

Im Restaurant ´Fischereihafen´ herrschte dichtes, einträchtiges Gemurmel an eng besetzten Tischen. Tabak und Pfeifenduft hing in der Luft und die Exkursionsteilnehmer hatten Mühe einen freien Platz im hintersten Winkel der guten Stube zu finden. Auffällig viele Marinesoldaten und Uniformträger saßen aufmerksam an den Tischen und besprachen wichtige Ereignisse.

Gleich am Nebentisch hörte sie so manchen Wortfetzen. Vom Luftschiffplatz Nordholz wurde gesprochen und aufgeregt gestikulierend beschrieb ein junger Marinesoldat seine Erlebnisse vom Bau eines Gebäudes. Von „Nora" und „Norbert" war die Rede, und die Soldaten schauten sich danach still und verschwörerisch an. So richtig konnte sich Frieda keinen Reim darauf machen, aber sie hatte den Eindruck, dass es um militärische Geheimnisse ging, die „Zivilisten", welche Sonntagsausflügler es wohl waren, nicht so genau wissen sollten. Versteckt schauten sich die Marinesoldaten immer wieder nach ihnen um, wenn einer aus ihren Reihen zu laut erzählt hatte.

Die bestellte frische Nordseescholle mit Kartoffelsalat wurde serviert und alle ließen es sich schmecken. Für Frieda war heute ein richtiger Glückstag. So frei und unbeschwert hatte sie sich schon lange nicht mehr gefühlt. Die täglichen Sorgen waren wie Schäfchenwolken davongeflogen.

Herr Hinrichsen genehmigte sich später - als persönlichen „Nachtisch" - noch eine dicke Zigarre und umnebelte seine Begleiterinnen. Den strengen Tabakduft mochte Frieda nicht, so war sie froh, dass sie mit Annerike kurz auf die Veranda treten durfte, um das glitzernde Meer betrachten zu können. „Hier ist der schönste Ort der Welt", dachte sie still bei sich. Etwas später kamen die Eltern Hinrichsen aus der Gastwirtschaft hinzu und die vier setzen ihren abwechslungsreichen Ausflug fort.

Zurück ging es von Cuxhaven Richtung Nordholz, durch grüne, fruchtbare Ebenen, die einen wunderbar freien Blick gewährten.

„Wir sind hier im Marschland", erklärte Herr Hinrichsen währenddessen er das Auto steuerte.

„Gleich hinterm Deich beginnt die fruchtbare Gegend. Das kommt von den Anschwemmungen, die das Meer gemacht hat. Es sind schwere Böden, die viel Schlick enthalten, und so sind die saftigen Marschwiesen auch eine gute Grundlage für die Viehzucht", fachsimpelte er weiter. Frieda und

Annerike hatten im Fach „Heimatkunde" davon gehört, aber dennoch war dieser anschauliche Unterricht hier viel besser und nicht so trocken wie in der Schule.

Zeppelin in Sicht

Jäh wurden die Ausführungen unterbrochen, denn plötzlich erblickte Frau Hinrichsen ein großes, zylinderförmiges Ungetüm am Himmel: „Schaut mal, ein Zeppelin", rief sie, „Graf Zeppelin lässt grüßen". Eben noch von der ertragreichen Küsten-Landwirtschaft berichtend, schaltete der technikbegeisterte Vater sofort auf das eingetretene Ereignis um und erklärte: „Das ist eine spannende Sache mit dem Zeppelin. Er hat Dieselantrieb und innendrin ist Leuchtgas. Unter der Stoffhülle befindet sich ein Stützwerk aus Aluminium. Das ist sehr leichtes Metall. Ein technisches Glanzstück!"

„Heinrich, es ist genug mit Deinen Ausführungen, so detailverliebt musst Du uns nun auch wieder nicht berichten. Auch wenn er so wunderbar friedlich ausschaut, so befinden wir uns doch im Krieg", unterbrach Frau Hinrichsen aufgebracht. „Der imposante Zeppelin wird doch für den Kampf eingesetzt!"

Ihr Ehegatte nickte verhalten, „Ja, das ist richtig. Die meinen, dass der Zeppelin so eine Art Wunderwaffe ist. Mich wundert, dass wir ihn hier schon am hellen Tage sehen, denn schließlich dient er der Beobachtung und fliegt normalerweise im Schutze der Dunkelheit. Strategisch kann das Militär weit in die Nord- oder Ostsee reinfliegen und feindliche Bewegungen erkennen."

„Und sie können auch Bomben abwerfen", fügte Frau Hinrichsen finster hinzu. Sie ereiferte sich weiter: „Ich finde die ganze Entwicklung gar nicht gut, alle diese technischen Errungenschaften bringen auch so viel Leid über die Menschen."

Frieda und Annerike waren vom Erscheinen des Zeppelins gebannt und von den Erklärungen der Eltern emotional aufgewühlt. Auf der einen Seite spürten sie so etwas wie Stolz und Ehrfurcht für das technische Meisterwerk, auf der anderen Seite kündigte dieses imposante Luftschiff auch Leid und Tod an. Der Anblick des Zeppelins war gigantisch und faszinierend, doch fühlten die Jugendlichen auch ein Unbehagen in sich hochkriechen. Ihnen war wieder schlagartig bewusst geworden, dass sie in einer extremen Zeit, in einem besonderen Ausnahmezustand lebten.

„Da drüben liegt Nordholz", ergänzte Vater Hinrichsen weiter und wies mit seiner Hand Richtung Nord Ost. „In diese schöne Landschaft wurde der Marine Standort hinein gebaut. Wir dürfen da nicht näher heranfahren. Es wird alles geheim gehalten; dennoch ist bekannt, dass es dort Hallen, sogenannte „Hangars" gibt, in denen die Luftschiffe untergebracht sind. Das wissen auch unsere militärischen Gegner. Von daher könnte es auch ein wichtiges Ziel für sie werden. Vielleicht war das schon der letzte Ausflug für uns, hier in dieser Gegend."

„Trotz allem bin ich sehr stolz, dass unser Graf Zeppelin dieses Meisterwerk der Lüfte konstruiert hat und dann bauen ließ", meinte er zum Verdruss der Mutter am Ende seiner Ausführungen.

Bederkesa

Endlich kamen sie gegen vier Uhr nachmittags in Bederkesa an. Schon von Weitem hatten sie das Wahrzeichen des Ortes, die schöne Kornwindmühle von 1881, die auf dem Mühlenberg stand, entdeckt.

Der Ford fuhr an der gotischen Jakobskirche vorbei, und bog dann in eine gut ausgebaute Straße ein. Dort hielt der Vater vor einem imposanten ockerfarbigen Gebäude mit spitzem Giebel. Mit seinem Arm deutete er nun auf das altehrwürdige Haus und wurde ernsthaft: „Liebe Annerike, in zwei Jahren kannst Du hier Deine Ausbildung zur Lehrerin beginnen. Das ist das königlich-preußische Lehrerseminar. Früher war hier die offizielle Amtsverwaltung drin, die haben wir nun aber nach Lehe geholt. Dafür kommst Du ja nun als lerneifrige Austauschschülerin hierher." Der Vater lachte über seinen eigenen kleinen Witz, auch die Tochter freute sich über ihre schönen Aussichten, wollte sie doch zu gerne ihren Lieblingsberuf erlernen. Frieda dagegen schaute ein wenig betrübt.

Warum konnte Herr Hinrichsen nicht ihr Vater sein, und dann würde sie an Annerikes Stelle stehen? Warum musste gerade sie in eine so arme, kinderreiche Familie hineingeboren werden? Sie haderte einen Moment mit ihrem Schicksal und in ihrem Kopf sprangen die Gedanken hin und her.

Doch dann besann sie sich und freute sich mit ihrer Freundin. „Ich besuche Dich, falls ich zufällig hier in der Umgebung wohnen sollte", deutete sie vage ihre Zukunft an.

Plötzlich unterbrachen lautes Gepolter und grelle Schreie Friedas Zukunftsgedanken.

„Um Himmelswillen! Halt, stopp, bleibt hier… – brrr… nein,brrr…stopp, nein…!"

Die Sonntagsausflügler drehten ihre Köpfe gleichzeitig nach links, von wo das Geschrei und das laute Getöse kamen: Zwei Ponys mit schreckgeweiteten Augen und wehenden Mähnen galoppierten an ihnen vorbei, schlingernd sprang eine kleine Kutsche mit einem schreiendem Kind darauf hinterher. Das etwa fünf Jahre alte Mädchen hielt sich krampfhaft am Kutschersitz fest, drohte in der Kurve durch die Fliehkraft herunter zu stürzen.

Immer größere Schlenker machte die Kutsche, sprang unkontrolliert in die Höhe, und es fehlte nicht viel, dass sie zum Umkippen kam. Lange konnte dieser wilde Spurt nicht gutgehen, das erkannte jeder Zuschauer sofort.

Abrupt, ohne sich lange zu besinnen, lief Frieda in einem kurzen energischem Spurt neben dem Gefährt her, sprang beherzt hinein, hob während der wilden Fahrt die losen Zügel auf und rief mit fester Stimme: „Ruhig…langsam, brrr, alles gut, langsam…so haltet doch...!" Sie gab nun alle ihre Kräfte in diesen Moment.

Das kleine Mädchen hatte sich an Frieda festgekrallt, doch diese hatte es während der rasanten Fahrt noch nicht einmal bemerkt. „Hildegard, mein Gott, halt Dich fest!", hörte man aus einiger Entfernung die aufgeregte Stimme eines Mannes, der jetzt außer Atem um die Ecke gelaufen kam.

Zunächst schien sich gar nichts zu verändern; das Vehikel sprang unbeirrt weiter, ein großer Korb flog im hohen Bogen in das stoppelige Feld, das kleine Mädchen jammerte und schrie unaufhörlich weiter. Frieda hielt hochkonzentriert die Zügel fest in der Hand und war in diesem Moment ganz im Hier und Jetzt.

Endlich, nach ewigen Zeiten, dem strammen Ziehen von Zügeln und weiterem guten Zurufen, wurde die Droschke langsamer und langsamer, und kam dann tatsächlich zum Stehen. Passanten rannten nun hinterher und erreichten aufgelöst und nach Luft ringend den Ort des Geschehens.

Sie fanden Frieda und die kleine Hildegard neben der Kutsche, Frieda hatte die Zügel nun an einem Baum festgebunden, das kleine Mädchen hatte sie auf dem

Arm, und sie streichelte beruhigend die verschwitzten Ponys.

„Das hast Du wunderbar gemacht, ich danke Dir tausendmal, min Deern!", rief der herbeigeeilte Vater von Hildegard. Er rang zunächst nach Luft und wurde dann gefasster. „Ich bin so froh, dass nichts passiert ist. Komm´ Hilde, komm mal zu Deinem Vater."

Er nahm das zitternde Kind hoch und berichtete, dass die Tiere plötzlich scheu geworden und durchgebrannt seien. „So recht kann ich mir das nicht erklären, aber vielleicht war es der Zeppelin am Himmel, und dann gab es noch einen seltsamen Blitz. Das hat wohl die Pferde erschreckt."

„Ich habe aber auch einen Fehler gemacht und mein Kind allein in die Kutsche gesetzt bevor es losging. Das war auch nicht richtig. Nur gut, dass unsere Heldin da war." Er klopfte Frieda anerkennend auf die Schulter. Diese errötete.

„Flamme mein Name, so wie Feuer und Flamme", stellte sich der aufgeregte Vater Herrn Hinrichsen als Oberhaupt der versammelten Gruppe vor. „Darf ich mir erlauben die Teilnehmer der Landpartie zu Kaffee und frischem Butterkuchen auf unser Gut einzuladen?" Alle schauten sich an, und da Herr

Flamme so dankbar und freundlich war, nahmen sie die Einladung gerne an.

Der Hof erwies sich als echtes Rittergut und das ländliche Café war genau das, in welches Herr Hinrichsen die Reisegruppe sowieso einladen wollte. Nun hatten sie überraschenderweise den Hofverwalter und seine Familie als neue Bekannte gefunden! Von der Hausherrin und Mutter von Hildegard wurden sie erstaunt empfangen. Sie wunderte sich über die schnelle Rückkehr ihrer Familie. Da aber ausgemacht worden war, nichts von dem heiklen Zwischenfall zu erzählen, flunkerte Herr Flamme seiner Gemahlin vor, er habe einen alten Bekannten aus Wesermünde in Bederkesa getroffen, dem er gerne nun persönlich sein Gut zeigen wolle.

Nach dem Schrecken der letzten Stunde taten der frisch gebrühte Kaffee und der leckere, gelb-goldene Butterkuchen besonders gut.

Selbst Töchterchen Hildegard hatte ihre Fassung wieder gefunden und stellte den Ausflüglern ihren großen Stallhasen vor. Dieser war ein staatlicher Rammler mit übergroßen braunen Ohren, bald größer als das Mädchen selber. Sie trug ihn stolz an den Kaffeetisch, wo er hingebungsvoll von allen Gästen gestreichelt und bewundert wurde.

Der Hausherr berichtete seinen Gästen, dass er das Rittergut Valenbrook schon seit einigen Jahren als Pächter betreute. Dank des Besitzers, eines Kaufmanns Carl Leisewitz aus Bremen, durfte er hier tätig sein. Auf riesigen Ackerflächen ließ er Kartoffeln, Getreide und Gemüse nach Anweisung des Besitzers anbauen. Vieh- und Geflügelzucht vervollständigten die aufwändige Gutsarbeit. Ständig wurden viele Verbesserungen und Modernisierungen auf dem Gut ausprobiert, so dass oft größere Vereine aus dem Umland zur lernenden Besichtigung kamen. Davon berichtete Herr Flamme noch recht stolz. Er und seine Frau waren sehr tatkräftige und unternehmungslustige Menschen.

Frieda war von der ländlichen Idylle und Ruhe durchaus angetan, ließ sich das aber nicht zu sehr anmerken. Bis jetzt hatte sie ihrer Freundin von den Plänen ihrer Mutter noch nicht berichtet. Insgeheim hoffte sie noch, dass irgendein Wunder geschehen möge und ihre Zukunft in eine andere Richtung gehen könnte.

Gegen fünf Uhr abends wurde es zunehmend frisch und die Ausflügler traten zufrieden in ihrem großen Auto die Heimreise an. Lange noch winkte die gastfreundliche Pächterfamilie aus Bederkesa den

Überraschungsgästen hinterher. Mit Schwung fuhr Herr Hinrichsen über die Landstraße zurück, und die Fahrt nach Hause ging recht zügig voran. So konnte Frieda schon gegen sechs Uhr abends das Wohnhaus in der Oststraße betreten und ihre Abwesenheit war erfreulicherweise nicht besonders aufgefallen. Es gab keine Erklärungsnot, da die Mutter nicht zu Hause war, als Frieda eintraf.

Zufrieden mit dem schönen Verlauf des Tages und den spannenden Eindrücken, schlief sie gleich nach dem Abräumen des Abendbrotes auf ihrem Bettlager in der hinteren Ecke der Küche ein.

Winter 1914/15

So wurde es Herbst und der Erste Weltkrieg tobte mit unerbittlicher Härte an Ost- und Westfront weiter. In Frankreich starben qualvoll französische und deutsche Männer an Giftgas, und weder die Herbstschlacht in der Champagne, noch die Winterschlacht im Osten, in den Karpaten, brachten entscheidende militärische Wendungen. Der Krieg schien in seiner dauerhaften, grausamen Auseinandersetzung erstarrt. Keine Seite war stark genug, dem sinnlosen Massensterben ein Ende zu setzen.

Und ebenso wie der kalte Winter 1914/1915 alles gefrieren ließ, so waren auch die Positionen des Stellungskrieges wie versteinert.

Da die Briten eine Seeblockade aufbauten, kamen kaum noch Frachter aus Übersee in Deutschland an. Diese hatten Nahrungsmittel und Kolonialwaren geliefert. In Folge der eingeführten Zwangssparmaßnahmen litt die Bevölkerung an Mangelernährung. Die Regierung installierte eine Kriegsrohstoffabteilung, die sich um Zuteilungen und Rationierungen kümmern sollte. Vorrang hatte immer die Kriegsführung, die Versorgung der Zivilisten war zweitrangig. So musste getauscht und gehamstert werden; Brennstoffe, wie zum Beispiel Kohle, wurden aus Verzweiflung gestohlen, um Überleben zu können.

In dieser schwierigen Lage versuchte Lehrerin Behrens ihre Schüler zu stärken und aufzubauen.

„Lasst Euch niemals von Mangel beeindrucken", beschwor Frau Behrens die Mädchen und Jungen. „Versucht kreativ zu sein und improvisiert. Denkt Euch neue Essenszutaten aus und probiert neue

Rezepte aus. Warum nicht auch mal Möhren und Kartoffeln mischen und zu einem Püree mit einem Stampfern verarbeiten? Oder streckt die Heringssauce mit Äpfeln. Probiert einfach auch Ungewöhnliches aus. Nehmt, was ihr finden könnt und schöpft Ideen aus Euch selber", meinte die Lehrerin. „Ihr könnt auch Lebensmittel unter-einander tauschen oder ihr macht Euch beim Bauern nützlich und fordert für Eure Hilfe Naturalien in Form von Obst oder Gemüse. Seid erfinderisch!"

So ermunterte die Lehrerin ihre Schüler permanent neue Verhaltensweisen auszuprobieren. Unkonventionellen Anfragen an Scheunentoren und Lebensmittel-Tauschaktionen waren die erfolgreiche Folge ihrer pädagogischen Bemühungen. Auf diese Weise stärkte sie das Selbstbewusstsein ihrer Schülerinnen und Schüler und half, dass die eine oder andere Familie besser durch die harten Zeiten kam.

Eines Nachmittags erblickte Frieda die lange Gestalt von Frau Behrens an der Haltestelle. Diese wollte mit der „Elektrischen" nach Hause fahren, und da die Straßenbahn noch auf sich warten ließ, las sie in einem Buch. Auf dem Einband stand „Roßhalde", und Frieda konnte auch den Namen „Hermann Hesse" lesen. Sie kannte den Autor nicht, zumal sie sich auch noch nicht so sehr mit Büchern beschäftigt hatte. Außer der Bibel und dem Kaulbach Kinderbuch hatte sie auch noch kein dickeres Werk in der Hand gehalten. "Worum geht es denn eigentlich in dem Buch, das sie da gerade lesen?", fragte Frieda wissbegierig ihre Lehrerin.

„Es ist schwierig zu erklären, meinte diese. Aber es geht um das Verhältnis eines Künstlerpaares zueinander" begann sie ihren Erklärungsversuch. Ja, das war wirklich sehr schwer für Frieda zu verstehen; es klang auf jeden Fall erst mal kompliziert und langweilig. Frau Behrens jedoch strahlte und meinte, Hermann Hesse sei ihr Lieblingsschriftsteller, der Lesern in Zukunft noch weitere Sternstunden bescheren würde.

Quietschend hielt die Straßenbahn und die junge Lehrerin schwang sich hinein. Sie drehte sich nochmals zu Frieda um und lächelte ihr freundlich zu."Vielleicht wird es bald Zeit für mich, Neues zu beginnen. Aber erst mal bis morgen, Kind. Mach schön Deine Hausaufgaben."

Grübelnd spazierte Frieda nach Hause. „Was konnte die Lehrerin denn Neues anfangen wollen?"

Zu Hause angekommen zog sie ihr Poesiealbum aus der kleinen Holztruhe. Die Truhe hatte ihr der Vater zum 10. Geburtstag geschenkt, natürlich war sie selbst von ihm gezimmert worden. In diese Truhe legte sie alle ihre kleinen Kostbarkeiten. Vorsichtig schlug sie die Seite eines Buches auf, auf die ihr Vater seine Widmung geschrieben hatte. Dazu hatte er ihr ein kleines Bild mit einem Bauernhäuschen im Grünen gemalt. Ostern war das gewesen und Frieda war froh, dass er sich für den Eintrag die Zeit genommen hatte. Niemals würde sie dieses wichtige Büchlein hergeben wollen.

Mitunter begann sie dann von den alten Zeiten zu träumen, als ihr Vater noch da war. Er war mit ihr manchmal nach Geestemünde zum alten Fischereihafen gefahren. Sie hatten die hereinkommenden Dampfer und die wettergegerbten, abgekämpften Männer an Bord beobachtet, die nun froh waren bald die Ladung löschen zu können. Ihre Arbeit war seither schwer und hart und die Widrigkeiten der See machten ein raues Geschäft aus dem Fischfang. In dem Hafen gab es - neben riesigen Kohlebergen, die für den Dampfantrieb der Kutter gebraucht wurden - auch Fischgroßhandlungen und eine Fischmehlfabrik. Frieda hatte es dort immer gut gefallen. Na ja, duften tat er da nicht gerade nach

Veilchen, aber irgendwie gehörte es zum Fischereihafen dazu. Es gab auch eine Räucherei, in der ein alter Freund ihres Vaters arbeitete. Dieser hatte für die Besucher geräucherte Makrelen zum „Freundschaftspreis" in Zeitungspapier eingepackt. Frieda durfte auch an Ort und Stelle eine Handvoll frisch gepulter Krabben essen. Das war ein echter Leckerbissen! Sie hatte die Ausflüge mit ihrem Vater August immer sehr gemocht. Eigentlich dienten die Stunden der Nahrungsbeschaffung für die Familie; für Frieda jedoch war es auch eine Möglichkeit gewesen einmal alleine mit ihm etwas zu unternehmen und ihn nicht mit acht anderen Geschwistern teilen zu müssen. Zu Hause war ihr Vater normalerweise schweigsam und streng gewesen; hier am Hafen blühte er zusehends auf und wurde gesprächiger. Er erklärte ihr die Abläufe auf den Schiffen und erzählte höchst abenteuerliche Seemannsgeschichten. Sogar zu Scherzen war der sonst so ernste Mann aufgelegt.

Diese schönen Zeiten würden nicht mehr wiederkommen....Aber ihre Erinnerungen daran konnte ihr niemand nehmen. Sie zog das Poesiealbum wieder zu sich heran.

Auch von ihrer Freundin Annerike waren mit feiner
Schrift einige nachdenkliche Sätze geschrieben
worden.

„Nur einmal wirst Du durchleben
Die glückliche Jugendzeit.
Erinnerungen kommen erst später,
Die einst Dein Herz erfreut."
Zum ewigen Andenken an Deine Freundin Annerike

Nun fand Frieda die momentanen Zeiten nicht
besonders schön; sie spürte, dass ihre Freundin
irgendwo mit ihren poetisch-romantischen Zeilen
recht hatte; dass die Jugendzeit eine Zeit des Ahnens
und der Erwartung war. Es existierten so viele
Wünsche, Hoffnungen und Entwicklungs-
möglichkeiten. Hundert Richtungen, in die man gehen
konnte; zumindest im Kopf, als Gedankenspiel. Aber
die Realität setzte Grenzen. Grenzen die der Krieg
bestimmte. Auch die Armut engte ihre Möglichkeiten
ein und das Fehlen ihres Vaters. Eine wirklich gute
Grundlage für einen leichten Start in das Leben hatte
sie einfach nicht.

Schulzeit

Kurz vor dem Weihnachtsfest 1914 hatte die Abschlussklasse einen neuen Lehrer, Herrn Schlümeyer. Er stand in seinem dunklen Anzug mit Weste und goldener Taschenuhr am Revers vor der Klasse, trug einen gezwirbelten Kaiser Wilhelm Bart und sah wie aus dem Ei gepellt aus. Einige Klassenkameradinnen tuschelten errötend und verschämt als sie ihn sahen, Frieda fand ihn langweilig und eingebildet und wünschte sich Frau Behrens herbei.

Diese war von heute auf morgen aus dem Schulalltag verschwunden. „Ich kann Euch nur sagen dass Frau Behrens vom Schuldienst suspendiert wurde" informierte Herr Schlümeyer knapp seine Schüler. „Jetzt werden wir gut miteinander auskommen". Danach setzte er sogleich den Unterricht mit herausfordernden Rechenaufgaben fort, die den Schülern und Schülerinnen eine Menge Konzentration abverlangten.

Frieda hatte der überraschende Lehrerwechsel schockiert. Frau Behrens war für sie Halt und Vorbild in der Schule gewesen; sie war der Impuls, morgens gerne und mit Elan dorthin zugehen. Was hatte sie bloß angestellt, dass man sie ihnen weggenommen hat? Sie war doch lieb und freundlich gewesen. Stand immer für Fragen zur Verfügung. Hatte immer sehr ehrlich ihre Meinung gesagt. Halt, das konnte es sein! Nicht allen hatte ihre direkte Meinung so gepasst. Frieda erinnerte sich jetzt, dass Frau Behrens ungut über die Regierung und den Krieg gesprochen hatte. Auch war sie gar nicht begeistert gewesen, wenn ein Schüler Soldat werden wollte. War es das?

Grob wurde sie am Ärmel gepackt und jäh aus ihren Überlegungen gerissen. Herr Schlümeyer schimpfte mit ihr: „Junges Fräulein, Du sollst hier nicht träumen sondern die Rechenaufgaben lösen. Willst Du, dass ich Dir gleich am ersten Tag einen Tadel ins Klassenbuch eintrage?" Nein, nein, das wollte sie nicht. Hastig riss sie sich zusammen und versuchte ernsthaft etwas auf das Papier zu bekommen.

Sie mochte den Neuen nicht. Von nun an würde die Schule anstrengend und quälend für sie werden.

Emigration

Einige Tage später war die halbe Familie Gökemeier in der Stadt unterwegs; sie liefen auf der Bürgermeister–Smidt- Straße entlang, ganz in der Nähe der „Großen Kirche". Es war dämmerig und schon deutlich kühler geworden. Erste Schnee-flocken fielen vom Himmel. Von der Wesermündung kam eine steife, kalte Brise und mit hochgezogenen Schultern versuchte die Gruppe der Kälte zu trotzen. Klamme Finger zogen selbstgestrickte Schals enger um hochgestellte Mantelkrägen. Bald sollte im 1. Kriegsjahr das Weihnachtsfest eingeläutet werden.

Doch in Deutschland war die Vorfreude sehr verhalten. Die politischen und wirtschaftlichen Rahmenbedingungen waren niederdrückend.

Plötzlich entdeckte Frieda auf der anderen Straßenseite Frau Behrens, die sich unauffällig und still auf dem Bürgersteig voran bewegte. Frieda löste sich von ihrer Familie und überquerte die Straße und lief hinter der geliebten Lehrerin her, die nun schneller wurde, als sie ihren Namen rufen hörte. Nach Luft japsend erreichte Frieda Frau Behrens und nun gab diese ihren Widerstand auf und blieb stehen. „Was ist denn, Frieda, ich bin doch gar nicht mehr Deine Lehrerin". „Aber Sie sind so einfach verschwunden, ohne Erklärung, ich weiß gar nicht warum. Die anderen auch nicht. Sie sind ohne ein Wort fortgewesen. So geht es nicht!" forderte Frieda die Pädagogin heraus. „Immer haben sie uns alles erklärt!"

„Liebe Frieda, ja, ich bin wirklich sehr still und leise verschwunden", flüsterte die Lehrerin, „es tut mir leid, dass ich mich nicht erklärt habe, aber sie haben mich gezwungen und ich will auch gar nicht mehr". Frieda schaute sie mit großen, fragenden Augen an und verstand nicht so recht, wer denn „sie" waren. Frau Behrens verstand und setzte nach: „Ach, Frieda, Du bist ja immer ein liebes Mädchen gewesen, aber die Politik und was damit zusammen hängt verstehst Du noch nicht so ganz."

Sie drehte sich kurz um, vergewissernd dass es keine weiteren, nahen Zuhörer gab. „Nun, wenn Du so insistierst, dann sag ich Dir was: Ich habe zu viele kritische Fragen im Kollegium gestellt und ich bin gegen diesen schrecklichen Krieg, in den uns die herrschenden Obrigkeiten hineingeritten haben. Und nun habe ich auch meinen Bruder verloren. Er ist vor kurzem in Frankreich gefallen. Sinnlos so etwas! Habe eine richtige Wut darüber, dass jungen Menschen ihr Leben so früh verlieren. Ich will nur noch weg, meine Koffer sind gepackt und ich gehe mit meinem Verlobten in die Schweiz. Dort kann er als Physiker arbeiten und wir bekommen hoffentlich Asyl!"

Frieda schwirrte der Kopf; der heftige Wortschwall der Lehrerin und die vielen Neuigkeiten verwirrten sie und so schnell konnte sie die merklich veränderte Frau Behrens auch nicht begreifen.

Nur dass diese endgültig fortgehen wollte, diese Erkenntnis blieb haften und trieb ihr Tränen in die Augen. „Bitte bleiben Sie, wir brauchen Sie doch. Der neue Lehrer ist langweilig und so streng, kommen Sie zurück!"

Frau Behrens sah die Verzweiflung ihrer Schülerin, ergriff ihre Hände und schaute ihr ins Gesicht. „Liebe Frieda, es tut mir leid, dass ich Euch nicht bis zum Schulabschluss begleiten kann. Mach das Beste aus deinem Leben und bleib Dir selber treu. Ich bleibe mir auch treu und deswegen muss ich in die Schweiz gehen. Dorthin ist auch schon Hermann Hesse, mein Lieblingsliterat, ausgewandert. Die, die freien Geistes sind, sammeln sich dort."

Frau Behrens ließ ihre Hände los, strich ihr nochmals kurz über die kalten Wangen und verschwand dann schnellen Schrittes in eine Seitengasse Richtung Hafen.

Frieda kehrte mit traurigem Blick zu ihrer wartenden Familie zurück und gemeinsam gingen sie in das nächste Kaufhaus, um einige kleine Weihnachtsgeschenke zu kaufen.

Die Wintermonate zogen mit eisiger Kälte durchs Land und die Familie musste sehen, wie sie es ohne Oberhaupt schaffte. Zum Glück hatte der älteste Bruder eine Anstellung im Büro eines Kaufmanns in Geestemünde gefunden und so gab es doch eine neue Einnahmequelle. Dazu erhielt die Mutter aus den kleinen Wohnungen im Haus überschaubare Mieteinnahmen, die recht und schlecht die Ausgaben für die große Familie mittrugen. Wie dankbar war sie in diesen schwierigen Tagen ihrem verstorbenen Mann August. Er hatte sich als junger Maurer mit einem befreundeten Zimmermann zusammen getan und sie hatten gemeinsam ein mehrstöckiges Doppelhaus gebaut. 2 Jahre hatten sie auf dieser Baustelle geschuftet und so waren alle Beteiligten sehr glücklich gewesen, als 1905 die Einweihungsfeier für das Haus stattfinden konnte.

Die allgemeine Wirtschaft wurde zunehmend auf Kriegswirtschaft umgestellt. Das bedeutete, dass Grundnahrungsmittel wie Reis, Öl, Essig kaum noch zu bekommen waren. Auch fand eine ständige Geldentwertung statt, so dass die zu bezahlenden Summen immer höher wurden. Gold- und Silbermünzen und auch Schmuck wurden für die Kriegskasse der Regierung benötigt. Männer im wehrfähigen Alter wurden für den Kriegsdienst eingezogen, so dass diese überall auf den Arbeitsplätzen fehlten.

Als Folge der Geldknappheit und dem Mangel an Materialien stagnierte die Wirtschaft, es gab keine Aufträge mehr für das Handwerk und die Zahl der Arbeitslosen stieg an. Über sogenannte „Brotkarten" erhielt die vielköpfige Familie ein Kontingent an Brot und Mehl zugeteilt, das sich auf eine Minimalmenge reduzierte. Mutter Margarethe war verzweifelt bemüht, die notwendigen Lebensmittel zu organisieren. Zum Glück gab es ja ihren ehemaligen Arbeitgeber, einen Bäcker in der Goethestraße, der Frieda und Sophie heimlich das eine oder andere Stück Gebäck zusteckte.

Auch die geliebte Tasse Kaffee war nun für Mutter Margarethe unerreichbar; der Ersatzkaffee aus Trockengemüse und Wellpappe schmeckte so entsetzlich, dass die Mutter zunächst lange Zeit darauf verzichtete.

Oxstedt 1915

Endlich kam das Frühjahr und die ersten freundlichen Sonnenstrahlen durchzogen die schnell dahin stiebenden Wolken.

Frieda hatte sich mit ihrem Wunsch Lehrerin werden zu wollen nicht durchsetzen können, denn eine Fortbildung auf einer Höheren Töchterschule konnte die Mutter ihr nicht bezahlen.

So kam es, dass sie mit ihrer älteren Schwester Wilhelmine an einem schönen Apriltag in den Zug von Lehe nach Bederkesa stieg. „Ob es beim Landwirt Wilkens auch ein erträgliches und abwechslungsreiches Leben geben würde? Etwas angespannt und unruhig saßen sich dann im Abteil und jeder ging seinen Gedanken nach. Auch Wilhelmine wäre gerne weiter zur Schule gegangen, aber nun brauchte auch ihre jüngere Schwester Begleitung und Unterstützung. Zu zweit konnten sie alle ihre Eindrücke und Erlebnisse teilen, das war auf jeden Fall schon mal sehr tröstlich. Dennoch hatten sie ein banges Gefühl, was sie wohl erwarten würde.

Nach 1 Stunde holpriger Bahnfahrt kamen sie in Bederkesa an und stiegen mit weichen Knien hinunter auf den Bahnsteig.

Verunsichert begaben sie sich Richtung Bahnhofs-vorplatz und erblickten einen hochgewachsenen, flachsblonden Mann um die 40 Jahre, der ihnen in seiner bäuerlichen Kluft freudestrahlend entgegenkam. „Ihr seid sicher die Schwestern

Gökemeier", sprach er sie an und nahm ihnen schon die zwei großen ledernen Taschen ab.

„ Prima, dass ihr da seid, wir können Hilfe gebrauchen. Meine Frau Toni hat ja Zwillinge bekommen und es gibt bei uns nun noch mehr zu tun. Wir haben einen großen Hof mit Kühen und Pferden und viel Ackerland. Die Arbeit bleibt ja nicht liegen. Mine Deerns, ihr kommt gerade richtig. Da ist jede tatkräftige Hand willkommen. Dann kommt man mit!"

Was für ein beeindruckender und schöner Moment, als sie die zwei kräftigen braunen Pferde erblickten, die vor der Kutsche gespannt auf sie warteten. Herr Wilkens machte eine Verbeugung, lupfte seine Mütze und deutete schmunzelnd auf die Rösser: „Darf ich vorstellen: Jan und Klaas erlauben sich die zwei jungen Damen zum Hofe Wilkens zu bringen." Wie zur Bestätigung schüttelte Jan die Mähne, wieherte kurz und scharrte mit den Hufen. Na, das war ein beeindruckender Empfang. Würde die Begrüßung auf dem Hof auch so freundlich ausfallen, würden sie ein gutes Leben dort haben. Vor der landwirtschaftlichen Arbeit hatten sie weniger Angst und der Bauer machte auf jeden Fall einen freundlichen Eindruck.

Die Fahrt in der Kutsche zog sich in die Länge und
Frieda entdeckte Störche und Reiher in den grünen
Wiesen entlang des holprigen Weges. Der Wind wehte
ihr frisch aus Nordwesten ins Gesicht und die
Aprilsonne blinzelte warm auf sie herab. So konnte es
ewig weitergehen.

Eine böse Überraschung

Plötzlich hörten sie das Geheule von Sirenen und der
Landwirt erschrak: „Los, Fliegeralarm, wir müssen
uns in Sicherheit bringen, da vorne hin zum
Waldrand, gleich sind sie da!" Von einer Sekunde auf
die nächste hatte sich die Situation dramatisch
verwandelt: die Pferde erhielten einen Schlag mit der
Peitsche und die Kutsche sprang mit einem kräftigen
Satz voran und rollte holprig und schlingernd zum
Waldesrand. Frieda und Wilhelmine hatten sich
verstört am Kutschbocke festgeklammert und
ungläubig die dramatische Situation verfolgt. Wilkens
aber behielt den Überblick, sprang gleich darauf mit
entschlossener Miene ab, half den Beiden hinunter
und alle drei duckten sich schnell im Schatten der
Bäume.

Leises Surren war zu vernehmen und Herr Wilkens presste nur den Satz heraus:„Ruhig bleiben, jetzt kommen sie, die wollen zum Fliegerhorst!" Zwei kleine, unscheinbar wirkende Flugzeuge zogen nun am Himmel vorbei und setzten ihren Flug fort. Frieda konnte ihr eigenes Herz bis zum Hals klopfen hören, aber sie verharrte wie gelähmt auf der Stelle. Ihr kam die Zeit wie eine Ewigkeit vor, doch schon Sekunden später hörten sie einen heftigen Knall „Mein Gott, sie haben sich getraut am helllichten Tage den Fliegerhorst anzugreifen. Diese Engländer sind mutig und sehr gefährlich" klagte Wilkens. Kreidebleich und vor Schreck erstarrt schaute Wilhelmine auf ihre jüngere Schwester. „Ist alles gut, ist Dir nichts passiert?", schnappte sie nach Luft. Vorsichtig kroch Frieda hinter einem Baum hervor. „Sind sie weg?" flüsterte sie fragend mit belegter Stimme. Wilhelmine fand ihre Fassung langsam wieder und nickte: „ Sie haben es wohl nicht auf uns abgesehen, zum Glück, aber was hat es denn mit dem Angriff auf sich?" wollte sie wissen.

Der Bauer berichtete nun, dass es auf dem nahegelegenen Luftschiffplatz eine Produktionsstätte zur Herstellung von Gas gab. Der dort hergestellte Wasserstoff dient dem Auftrieb der Zeppeline und sei somit für ihre Versorgung notwendig.

„Wir leben leider in schweren Zeiten, es ist Krieg, min Deerns, und der Marinestützpunkt ist nicht weit weg von meinem Hof, etwa 4 km. Im letzten Jahr um die Weihnachtszeit gab es auch schon einen überraschenden Angriff der Engländer. Die zwei abgeworfenen Bomben haben zum Glück keinen nennenswerten Schaden angerichtet. Der riesige Gasometer blieb heil.

Ich hoffe, dass es auch diesmal so ist, sonst hätten wir es sicherlich gehört!" meinte Wilkens.

Frieda erinnerte sich, dass sie im letzten Jahr auf der Sonntagsfahrt mit Annerikes Familie einen der imposanten Zeppeline gesehen hatte. Sie spürte, dass die Marine - und insbesondere die Zeppeline - in ihrem Leben eine wichtige Bedeutung haben würden.

Frühling/ Sommer 1915

So verbrachten Frieda und Wilhelmine den Frühling und den Sommer bei der Landwirtsfamilie.

Die Tage waren lang und mit Arbeit gut gefüllt, aber da die Schwestern sich gegenseitig hatten und es auch nie an Nahrung mangelte, waren sie im Großen und Ganzen recht zufrieden mit ihrem neuen Leben auf dem Lande. Die militärischen Bewegungen in der Luft und auch die Kanonen-schiffe an der nahen Nordsee erinnerten sie immer wieder daran, dass es ihnen auch hätte schlechter gehen können. Sie wussten, dass sie sich im 1. Weltkrieg befanden und sich Elend, Arbeitslosigkeit und Hunger in der Bevölkerung ausgebreitet hatten. Landwirt Wilkens war gut über die politischen Entwicklungen informiert und berichtete oft am Frühstückstisch über aktuelle Ereignisse des Kriegsgeschehens. Besonders von Interesse war, was direkt vor ihnen an der Nordseeküste geschah.

„Nun war das große Gefecht auf der Doggerbank", berichtete er Ende Januar, sichtlich erregt. „Die „Blücher" wurde versenkt und die Grand Fleet der Briten war verdammt erfolgreich. Die Kaiserliche Marine war leider im Hintertreffen. Es ist furchtbar. Dazu diese ewige Seeblockade, die kaum Ware hinein lässt. Wie soll das für unser Land weitergehen. Bloß gut, dass wir hier Grund und Boden und das Vieh haben. Diese ewigen staatlichen Abgaben schröpfen zwar sehr, aber es geht uns noch halbwegs gut. Wenn der Krieg so heftig weitergeht, wird uns der Kaiser mit seinen feinem Kabinett noch in den Abgrund bringen." Herr Wilkens nahm wieder kein Blatt vor den Mund. Er sprach vieles aus, was manche nur dachten. Erschreckt blickten Frieda und Wilhelmine auf. Sie verstanden zwar nicht alles was der Bauer erzählt hatte, aber dass sehr viele Menschen in Folge des Krieges starben, das hatten sie verstanden. Und die englische Seeblockade und ihre Auswirkungen hatten sie ja auch schon am eigenen Leib erlebt. Die beiden Frauen fühlten sich hilflos und ohnmächtig diesen gewaltigen Entwicklungsläufen ausgesetzt. Sie hatten gelernt, reaktiv und eher defensiv auf die Geschehnisse in ihrem Leben zu antworten. Von daher waren sie froh, nun in der kleinen überschaubaren Welt von Oxstedt ein kleines, sicheres Plätzchen gefunden zu haben. Sie wussten, was es täglich an Arbeit auf dem Hofe gab und wo ihre Aufgaben lagen.

Wilhelmine, die drei Jahre Ältere, musste schon stärker zupacken und im Kuhstall beim Melken und Ausmisten helfen. Zunächst war Wilhelmine gar nicht über diese Arbeit begeistert gewesen, denn das bedeutete, dass sie schon um 06.00 Uhr morgens im Stall sein sollte, während ihre jüngere Schwester Frieda noch bis 07.00 Uhr weiterschlafen durfte.

Da Herr Wilkens schon recht modern war, hatte er eine elektrische Melkmaschine erstanden und nach anfänglichem Zögern hatte Wilhelmine den Bogen

raus und arbeitete ihre Kühe der Reihe nach mit
großer Begeisterung ab. Jede der Kühe hatte auch
einen Namen und so nach und nach konnte sie die
individuellen Eigenarten und deren Charakterzüge
auch gut erfassen. Ihre Lieblingskuh war Helene; die
schwarz-weiß Gescheckte begrüßte sie schon beim
Betreten des Stalls mit freudigem Muhen.

Frieda hingegen kümmerte sich um die Hühner des
Hofes; immerhin gab es davon 45 Stück! Die bunten
Hühner und Hahn Otto wurden von ihr morgens,
kurz nach 07.00 Uhr, aus dem kleinen Stall hinterm
Haus herausgelassen.

Vor kurzem war ein Fuchs im Schutze der
Dämmerung heran geschlichen und hatte einige
Hühner gerissen. Von daher war es nun wichtig, die
anvertrauten Tiere nicht zu spät in den sicheren Stall
zu bringen und sie morgens erst bei Helligkeit
herauszulassen. Frieda hatte diese Lektion gelernt; in
Lehe hatte es solche Probleme mit Füchsen weniger
gegeben.

Neben der Stallarbeit durften die jungen Frauen aber
meistens die feinere Arbeit im Hause erledigen: Fegen,
Nähen, einfache Küchenarbeiten verrichten, gehörten
zum Aufgabenfeld. Aber auch für die Betreuung der
aufgeweckten Zwillinge waren sie mitverantwortlich.

Da die Bäuerin oft ihrem Mann bei der Feldarbeit half oder auch beim Gemischtwarenladen einkaufte, musste Frieda sehen, wie sie die beiden Kinder beschäftigte und im Auge behielt. Max und Paul waren mittlerweile zehn Monate alt und versuchten sich am Laufgitter hochzuziehen oder recht schnell in gegenläufige Richtungen weg zu krabbeln.

Wilhelmine durfte auch komplette Mahlzeiten selbstständig kochen und tat dies mit Hingabe. Ihr Meisterwerk waren Schweinebraten mit selbst-gefertigten Kartoffelknödeln und der Marmorkuchen mit viel guter Butter. Leider waren diese Gerichte nur an besonderen Fest- und Feiertagen auf dem Speiseplan. Im Alltag gab es einfache Mahlzeiten wie Bratkartoffeln mit Ei oder eine Kohlsuppe.

Aber auch das war sehr lecker und ausreichend, um satt zu werden. Einmal in der Woche buk die Hausherrin selbst große Roggenbrote, die sie in einem rustikalen heißen Steinbackofen schob. Das Roggenmehl kam vom Müller, war aber ein Erzeugnis der eigenen Getreidefelder.

So glitten die ersten Wochen ihres Aufenthaltes dahin; es gab so viel Neues zu erkunden. Alle Örtlichkeiten, alle Bewohner dieses kleinen Dorfes im Nordwesten mussten neugierig betrachtet werden. So viele neue

Sachverhalte und Handgriffe auf dem Gut mussten begriffen und erlernt werden.

„Draußen" herrschte kalter Krieg, Mangel und Entbehrung begleitete ihn, auf dem Hof aber ging es den beiden Schwestern recht gut und fast war es ihnen gelungen die raue Wirklichkeit zu verdrängen.

Der landwirtschaftliche Betrieb mit seinen täglichen Anforderungen war für sie eine kleine „innere" Welt, fast eine Burg geworden.

Auch im Sommer tobte der Krieg weiter; in der zweiten Flandernschlacht wurde das erste Mal Giftgas eingesetzt. Als Frieda dies von Herrn Wilkens erfuhr, musste sie an die Worte ihrer Lehrerin, Frau Behrens, denken. Diese hatte damals im Unterricht ja so etwas schon angedeutet, doch keiner der Schülerinnen hatte es richtig verstanden.

Natürlich machten sie sich auch Gedanken um ihre Familie in Lehe und sie sandten einmal in der Woche einen Brief an die Mutter, damit diese sah, wie gut es ihnen ging. Gelegentlich hatten die Schwestern auch Heimweh; denn obwohl der Weg nach Bremerhaven nicht weit war - es handelte sich um knapp 40 km - so hatten sie doch die erste Zeit kein Geld und auch keine Möglichkeit einen heimatlichen Besuch anzutreten.

Endlich Besuch in Lehe, Oktober 1915

Erst im Herbst, Mitte Oktober 1915, fuhren sie beide, vollgepackt mit landwirtschaftlichen Lebensmitteln, nach Hause. Frieda hatte vom Landwirt Wilkens auch zwei Hühner mitbekommen, die für weitere Eierproduktionen bereitstehen sollten. „Sie können natürlich auch in den Kochtopf Eurer Familie wandern", hatte der Bauer noch vorgeschlagen. Dies lehnte Frieda mit einem energischen Kopfschütteln ab. Wie vor einem halben Jahr wurden sie zunächst zum Bahnhof nach Bederkesa gebracht, um von dort den Zug nach Lehe zu nehmen. Eigentlich alles keine große Entfernungen; aber es fehlte bis jetzt eben doch an Geld und freier Zeit für diese Heimfahrt.

Außerdem wussten die beiden, dass sie zu Hause zwar willkommen waren, dass dort aber nach wie vor wenig Platz für Sie vorhanden war. Nun aber waren sie recht stolz, mit vollen Händen und vielen kleinen Geschenken, einen dreitägigen Besuch dort machen zu dürfen.

Den kurzen Weg vom Bahnhof Lehe in die Oststraße brachten sie auch alleine hinter sich, denn es sollte ein Überraschungsbesuch werden. Als sie die gebohnerte Treppe nach oben hinaufstiegen und die vertraute Flügelklingel zur Wohnungstür drehten, waren sie innerlich doch sehr aufgeregt. Frieda klopfte das Herz bis zum Hals. Sie waren nun sechs Monate fort gewesen.

Klein Sophie öffnete die Tür und sofort war die Veränderung sichtbar: Sophie war jetzt viereinhalb Jahre alt und um einiges gewachsen. Ihre dunkelblonden Haare hatte sie zu zwei Zöpfen zusammen gebunden. Insgesamt wirkte sie munter und gesund, gar nicht mehr so kränklich wie im letzten Jahr. Von hinten kam August herbeigeeilt und riss verwundert die Augen auf: „Mensch, so eine Überraschung, wo kommt Ihr denn her?" sprudelte es aus ihm heraus." Na wohl wo? Nicht vom Mond, sondern direkt vom Lande natürlich", entgegnete Wilhelmine. „Wir hatten Sehnsucht nach Euch und wir haben nun endlich mal für drei Tage frei bekommen." „Landgang, sozusagen", grinste August, der sich in der Matrosensprache gut auskannte. Plötzlich jedoch dämmerte ihm noch etwas und er schaute nun etwas verhalten Richtung Frieda. „Du, Frieda, bevor Du es selber merkst: Deinen Hahn

Wilhelm musste ich leider ins Jenseits befördern. Zum einen hat er nur so herum gekräht und zum anderen hatten wir furchtbaren Hunger. Es gab nichts Vernünftiges zu essen, alle unsere Lebensmittelmarken waren verbraucht. Da musste er leider dran glauben. Wir haben jetzt nur noch vier Hühner und den alten Hahn, alles ist nun weniger geworden." Sehr enttäuscht war Frieda schon über das Ableben ihres stolzen Hahnes, doch auch vernünftig genug, die Argumente ihres großen Bruders zu verstehen. Eigentlich hatte sie geahnt, dass sie Wilhelm nicht wiedersehen würde. Doch mittlerweile war sie durch ihr Tun auf dem Hofe realistischer geworden. Und ihre Familie sollte es gut haben, das ging vor.

Dennoch wollte sie zunächst ihre zwei mitgebrachten Hühner in dem Korb nicht zeigen, doch August hatte sie schon erblickt.

„Diesmal wünsche ich mir aber, dass ihr mehr von den Eiern lebt und Omelette oder dergleichen daraus macht. Auch das sättigt. Es muss nicht immer Fleisch sein", erklärte sie gleich. „Ach ja, Frieda, ich weiß -" seufzte August. „Du bist manchmal schon sehr sentimental. Aber wunderbar, dass ihr uns so viele schöne Dinge mitgebracht habt. Zeigt mal, was sonst noch so dabei ist!" Mutter Margaretha hatte vertraute Stimmen gehört und kam aus dem Garten nach oben geeilt, in den Händen zwei Kohlrabis. Als sie ihre heimgekehrten Töchter erblickte, huschte ein freudiges Lächeln über ihr ausgezehrtes Gesicht und sie breitete ihre Arme aus. „Was für eine Überraschung, Frieda, Wilhelmine, schön dass ihr da seid. Nun lasst Euch doch mal anschauen,- ich habe Euch fast ein halbes Jahr nicht gesehen." Die beiden wurden hin und her gedreht und am Ende der Begutachtung war die Mutter ganz erleichtert. „Ihr habt rote Backen und Ihr habt zugenommen. Und gewachsen seid ihr auch beide. Da bin ich schon mal recht froh. Und die Wilkens behandeln Euch gut, ist es so?" fragte sie noch. Die Schwestern nickten gleichzeitig und die Bewegung kam so spontan und aufrichtig, dass die Mutter es glauben konnte.

Margareta war es schwer gefallen, die beiden gehen zu lassen, aber letztendlich war sie nun froh über diese Entscheidung. Zwei Münder weniger zu versorgen mit der Unterbringung auf dem Lande sind bisher bestens gelaufen. „Stellt Euch vor, jetzt haben auch die Frauen hier in Lehe demonstriert, das war schon was", berichtete sie. „Es gibt ja überhaupt nichts mehr in den Kolonialläden, da helfen alles Anstellen und alle Marken nichts. Die Regale sind wie leergefegt. Aber dass nun auch die Hausfrauen demonstrieren, das ist schon allerhand, aber richtig", meinte sie.

Jetzt sprangen auch Martha und Auguste durch die Wohnung auf die beiden Neuankömmlinge zu. Sie kamen vom Spielen auf der Straße „Habt ihr uns was mitgebracht?" fragten sie einstimmig, und da alle lachten, fing Wilhelmine gleich an mit dem Auspacken: „Für Sophie haben wir hier ein kleines Holzbrettchen, auf dem sie ihre Brotstückchen essen kann. Das Brett hatte die Form eines Schweinchens. „Das hat Christian geschnitzt, der Schmied aus dem Dorf." erklärte Frieda. „Es ist ein Glücksschweinchen für Dich, Sophie!" „Darf ich davon nur essen, oder darf ich auch damit spielen?", fragte diese neugierig zurück.

„Und hier haben wir zwei Hühner für unseren Hof. Die kann August gleich hinunterbringen und zu den anderen setzen. Aber nicht schlachten", setzte Frieda nach. „Für Dich, lieber August, haben wir von Herrn Wilkens auch noch eine kleine Mettwurst mitbekommen, ebenso für Friederich und für die Mutter. Das Fleisch stammt alles vom Hof!" fügte Wilhelmine fast stolz hinzu.

„Wo ist eigentlich Margarethe?", wollte Frieda wissen. Sie hatten günstig eine schöne bestickte Bluse auf dem Kirchenbasar der Landfrauen für sie erworben, und hofften nun, dass ihr diese gefallen und auch passen möge. Margarethe war jedoch noch in einem fremden Haushalt beschäftigt und wollte anschließend bei ihrem Freund Johann vorbeigehen. Das war natürlich auch eine spannende Neuigkeit für Frieda und Wilhelmine. Ihre ältere Schwester hatte nun auch einen Freund!

Friedrich, das war klar, musste noch arbeiten gehen. Er war ja im Kontor in Geestemünde angestellt. Als sein Namen fiel, konnte man einzelne Sorgenfalten auf dem Gesicht der Mutter erkennen. „Die überlegen, ob sie Friedrich auch als Infanterist einziehen können", stieß die Mutter hervor. „Das geht aber nicht. Ich bin Witwe und er muss die Rolle des Ältesten hier für die Familie übernehmen. Wir können weder auf ihn noch auf seinen Lohn verzichten. Außerdem möchte ich natürlich nicht, dass er Kanonenfutter für diesen sinnlosen Krieg wird." Frieda bekam es gleich mit der Angst zu tun: „Friedrich darf nicht eingezogen werden, das dürfen sie nicht, nein, das musst Du verhindern!"

„Ist ja gut Frieda. Keiner will das. Wir werden kämpfen und uns wird schon noch was einfallen. Friedrich bleibt hier bei uns zu Hause."

Im Stillen dachte Margareta an die vielen schon gefallenen jungen Soldaten aus ihrem Stadtteil. Wie oft hatte sie schon mit verweinten und gebrochenen Müttern gesprochen und vergebens versucht Trost zu spenden. Teilweise waren diese Söhne mit viel Stolz und Pathos an die Westfront gezogen, hatten an Kaiser, Vaterland und die gute Sache geglaubt. Die Euphorie war auf den Schlachtfeldern schnell verflogen und die Grausamkeit und das ewige Trommelfeuer in den aufgeschütteten Gräben hatten die Seelen der jungen Männer schon vor ihrem eigentlichen Tode sterben lassen.

Dieses Los wollte sie weder für Friedrich noch für August.

Weiter wurde der mitgebrachte Korb ausgepackt und alle herrlichen Lebensmittel wurden herumgereicht, bewundert und der Mutter übergeben. Sogar eines der kräftig ausgebackenen Roggenbrote aus dem Steinofen hatte Frau Wilkens an die Familie Gökemeier mit gegeben.

Die schräge Dachkammertür öffnete sich und Johanna plumpste ins Zimmer. Sie hatte oben auf dem Dachboden ein Nickerchen gehalten und war durch den Lärm wach geworden.

„Ich bin nun groß, weil ich ein Schulkind bin!" krähte sie fröhlich und aufgeschlossen den beiden großen Schwestern entgegen. Da die ganze Situation so überraschend und grotesk war, stimmten alle in ein erleichterndes Lachen ein und waren froh, endlich wieder beisammen zu sein.

„Heute Abend organisiere ich auch noch etwas Leckeres zur Feier des Tages!"rief August. Er verschwand, die restlichen eben noch neugierigen Geschwister verzogen sich wieder zum Spielen; Wilhelmine und Frieda packten ihre Habseligkeiten aus und verstauten die persönlichen Teile in einer Ecke im Wohnzimmer.

„Weißt Du, wie es Annerike geht?" wollte Frieda von ihrer Mutter wissen. Da diese aber nicht auf dem neuesten Stand war, entschloss sich Frieda, mal eben einige Straßen weiter zu laufen, um sich selber ein Bild zu machen.

Als sie vor dem Hause der Familie stand, war ihr doch seltsam zumute; sie hatte nun über ein halbes Jahr nichts mehr von der Freundin erfahren. Es hatte kein Austausch in irgendeiner Form stattgefunden. Und als die Tür sich öffnete und Annerike vor ihr stand, da spürte Frieda, dass eine Veränderung stattgefunden hatte: die Freundin sah mit ihre weißen Bluse und dem schönen Stoffrock sehr vornehm und erwachsen aus. Irgendwie distanzierter und fremder. Frieda kam sich in ihrer abgearbeiteten Kittelschürze sehr armselig und einfach vor. Annerike war es, die versuchte das Eis zu brechen: „Schön, dass ich Dich mal wieder sehe. Du hast Glück, denn ich bin jetzt nur für zwei Tage da, denn ich bin auswärts untergebracht, auf der Präparantenschule in Bad Bederkesa."

Richtig, fiel es Frieda ein, da wollte Annerike hin, schließlich wollte sie irgendwann mal Lehrerin werden. Der berufliche Weg, der ihr verschlossen blieb. Mit einem Kloß im Hals versuchte Frieda einen gemeinsamen Anknüpfungspunkt zu finden: „Hast Du noch etwas von unsere Lehrerin Frau Behrens gehört", fragte sie spontan. Beim Anblick ihrer Schulfreundin fielen ihr sofort jede Menge Bilder aus ihrem früheren Leben ein. Diese Bilder hatte sie auf dem Hof, bei ihrer täglichen Arbeit, gar nicht mehr im Sinn gehabt.

Annerike berichtete, dass ihre Mutter von Bekannten gehört habe, dass Frau Behrens nun in der Schweiz bleiben würde, denn sie hatte ihren Verlobten, den Physiker, dort geheiratet. Dieser hatte an der Universität Basel eine Anstellung gefunden. Mehr wusste man nicht, aber das reichte Frieda.

Frau Behrens ging es gut, aber wiedersehen würde sie diese wohl nie mehr. Nun hörte Frieda von hinten die poltrige Stimme von Herrn Hinrichsen: „Wer hat denn da geklingelt, Annerike? Willst Du den Gast nicht herein bitten?" Frieda wollte gar nicht hineinkommen, denn sie fühlte sich unwohl. Der Vater trat vor die Tür und umarmte sie sehr herzlich. „Schön Dich zu sehen, Frieda! Geht es Dir soweit gut auf dem Lande?" Einen ironischen Unterton konnte Frieda nicht heraushören; sie berichtete, dass sie im Großen und Ganzen zufrieden sei, sie gut behandelt würde und immer ausreichend zu essen hätte.

„Das ist sehr schön, Frieda. Sei nicht traurig, dass Du nicht in Lehe bist. Ich glaube, Du hast es wirklich gut dort erwischt." So leicht haben wir es hier nicht. Ich bekomme wegen der Seeblockade kaum noch Ware geliefert und dann ist ja die Ausgabe total reglementiert. Mir werden als freier Kaufmann die Hände gebunden. Ich kann überhaupt nicht mehr selber wirtschaften und über mein Geschäft bestimmen."

„Frieda, Du erinnerst Dich sicherlich noch an unseren schönen Sonntagsausflug im Herbst letzten Jahres mit meinem Ford? Meinem Traumauto!" Frieda erinnerte sich natürlich an diese wunderbare Ausfahrt und nickte bestätigend. „Leider musste ich dieses nun verkaufen, damit wir hier über die Runde kommen. Die Ausbildung von Annerike ist nicht umsonst und so müssen wir den Gürtel enger schnallen." Der Vater war sehr offen, fast redselig. Aber das hatte Frieda immer sehr an ihm geschätzt. Diese direkte, ehrliche Art. „Weißt Du", meinte der Vater nun zum Schluss und deutete auf seine alte Taschenuhr, die er immer noch am Revers trug: „Wenn ich die mal veräußern muss, dann ist Schluss. Aber solange mein Glücksbringer gleichmäßig weiter tickt, werden wir auch durch diese schwere Zeit kommen!"

Er verzog sich wieder ins Haus und Frieda sprach noch ein paar Momente mit Annerike. Dann drückten sich die beiden Freundinnen kurz. Sie versprachen, sich nicht aus den Augen zu verlieren, auch wenn beide nun in anderen Welten lebten. Ob dieses Versprechen einzuhalten war, würde die Zeit zeigen.

Etwas traurig und gedrückt ging Frieda zurück zur Wohnung.

Zu Hause hatte Wilhelmine derweil ihrer Mutter beim Herrichten eines Festmahls geholfen. Wie versprochen hatte August einen Leckerbissen organisiert, und zwar vier Heringe. Diese wurden gesalzen und etwas gepfeffert, in Mehl gewendet und dann kamen sie in die Pfanne, in der die erhitzte Margarine schon vor sich hin brutzelte. Zuvor waren knusprige Bratkartoffeln mit gerösteten Zwiebeln und Ei in der Küche gezaubert worden.

Als Frieda in den Hauseingang trat duftete es schon im Treppenhaus so lecker nach dem Fischgericht, dass es sogar den starken Bohnerduft übertünchte.

Jeder der Wartenden bekam einen halben Hering und eine gehörige Portion Bratkartoffeln serviert. Zum Glück gelang diese Aufteilung, denn Bruder Friedrich weilte bei seiner Verlobten Emma und Mutter Margaretha verzichtete auf den Fisch. Eigentlich galt Hering als „Arme Leute Essen", aber heute war es die Krönung ihres Zusammentreffens. August wurde auch ausgiebig für sein Organisationstalent gelobt.

Er berichtete, dass er gerne bei der Deutschen Dampfschiffer - Gesellschaft Nordsee arbeiten würde, und dass ihm ein Freund heute bei der Beschaffung des Fisches geholfen habe.

Der begehrteste Fisch war jedoch immer der Goldbutt gewesen; doch diese Delikatesse war momentan auf dem Markt nicht mehr zu erhalten.

Mutter Margaretha erfreute sich an der Anwesenheit ihrer Kinder und sie spürte, dass alle Anwesenden in der letzten Zeit ein Stück sich weiterentwickelt hatten.

Mit den Augen eines Gastes betrachtet, der nur gelegentlich zu Besuch kam, waren die Veränderungen innerhalb der Familie besser sichtbar - besser sichtbar, als wenn man immer mittendrin war. Der Besuch von Wilhelmine und Frieda brachte auch die Mutter dazu, ihre Kinderschar mit Abstand zu betrachten und das zu schätzen, was sie nun erreicht hatte.

Mehr als ein Jahr war ihr August nun tot und es war ein schweres Jahr gewesen. Das sogenannte „Trauerjahr" konnte gar nicht bewusst durchlebt werden, viel zu sehr hatten ihre Kinder und der Alltag sie in den Sog der täglichen Herausforderungen gezogen. Vielleicht was das wenige Nachdenken gut gewesen. Letztlich auch im Sinne August, des Ehemannes.

Noch zwei Tage durften die beiden Schwestern in Lehe verweilen, dann ging es wieder zurück auf das Land. Sie hofften, dass sie zum Weihnachtsfest nach Hause kommen durften. Doch das hatte ihr Arbeitgeber, das Landwirtspaar, zu entscheiden. So nahmen Frieda und Wilhelmine am Sonntagnachmittag den Zug zurück nach Bederkesa, wo sie dann von einem Gehilfen des Bauern wieder abgeholt und nach Oxstedt gebracht wurden.

Insgesamt hatte die Heimfahrt nach Lehe den Zweien gut getan. Sie hatten erfahren, dass die anderen Familienmitglieder soweit gesund waren und diese sich doch stabil durch die schwere Zeit schlugen. Auch waren sie froh, dass sie etwas zum Familienunterhalt beisteuern konnten. Beruhigt konnten sie sich nun wieder ihrer Alltagsarbeit auf dem Hof zuwenden. Auch wenn Frieda noch etwas traurig über die Begegnung mit Annerike war, so hatte sie doch ein gutes Gefühl, momentan am rechten Ort zu sein. Und immerhin war sie nie alleine, denn Wilhelmine war ja stets bei ihr.

So waren sie schnell wieder in den landwirtschaftlichen Ablauf des Bauern Wilkens integriert. Trotz der wiederkehrenden Verrichtungen auf dem Hof, gab es viel Neues und Spannendes zu entdecken. Ein Ereignis war für Frieda dann besonders beeindruckend gewesen.

Die weise Frau/November 1915

Sie hatte während ihrer Hausarbeit mitbekommen, dass Bauer Wilkens eine Frau herbei bat, die die Pferde besprechen sollte. Es war etwas Geheimnisvolles aus diesem Treffen gemacht worden, und eigentlich wollte der Landwirt auch nicht, dass irgendjemand etwas davon mitbekam.

Weil Frieda aber nun mal im Wohnhaus werkelte, so bekam sie auch dieses Ereignis mit. Das Lieblingspferd des Bauern, der braune Wallach Hektor, hatte seit einiger Zeit eine eitrige Wunde am linken Vorderlauf. Diese wollte und wollte nicht heilen. Einiges war schon versucht worden.

Doch auch der Tierarzt, der routinemäßig einmal im Monat aus Cuxhaven vorbei kam und nach den Tieren schaute, hatte mit seiner Tinktur nicht viel ausrichten können. So hatte der Landwirt aus Sorge um sein Tier diesen verzweifelten Schritt unternommen. Er hatte eine „Besprecherin" kommen lassen.

„Verrate nichts im Dorf, das hier ist unser kleines Geheimnis", hatte Herr Wilkens ihr zugeraunt. „Die Leute schauen uns sonst komisch an oder schneiden uns. Ich probier es einfach mal aus, die alte Marie hat mir den Tipp gegeben", meinte er verlegen.

Dieses Ereignis wollte sich Frieda nicht entgehen lassen und am Abend des gleichen Tages hatte sie sich in die Nähe des Stalles begeben, um alles genau zu beobachten.

Erstaunlicherweise war die Heilerin eine recht junge, unscheinbare Frau, die an diesem grauen Novemberabend in der Dämmerung von der Ecke Südermoorstrasse in den Stall trat. Frieda hatte sie weder kommen hören noch gesehen. Doch erstaunlicherweise spitzten alle Pferde im halbdunklen Stall die Ohren, als diese nun zu ihnen trat. Fast geräuschlos lief alles ab: Der Wallach ließ sich von der stillen Unbekannten den braunen Vorderlauf anheben und verhielt sich während der ganzen Zeit recht ruhig. In einer Art Ritual flüsterte die Heilerin ihm leise Worte in das rechte Ohr; Besprechungen und unbekannte Silben wurde in die Dunkelheit gehaucht; Erinnerungen an Segenssprüchen aus der Kirche kamen Frieda bei ihren aufregenden Beobachtungen in den Sinn. Der betroffene Vorderlauf des Pferdes blieb weiterhin ruhig in der Hand der Fremden.

Frieda verhielt sich mucksmäuschenstill, um nicht wahrgenommen zu werden. Die Zeremonie hatte etwas Unerklärliches, aber auch Beruhigendes. Jedenfalls reagierten die Pferde des Bauern vertrauensvoll auf die geheimnisvolle Unbekannte. Minute um Minute verging, nur das zarte Flüstern war zu erahnen. Frieda beobachtete den weißen Schein des Atems in der klirrenden Kälte des Gemäuers.

Und so schnell wie sie in den Stall hinein gehuscht war, so schnell war die seltsame Frau auch wieder verschwunden. Alle Lebewesen im Heu blieben ruhig, Herr Wilkens schloss leise rückwärtsgehend das Tor.

Später erklärte er, dass die Heilerin Segenssprüche zur Genesung des Pferdes gesprochen hatte. „Man nennt das auch „böten", erklärte Frieda. "Hoffentlich hilft es, es ist mein letzter Versuch den Hektor zu halten". Seine Stimme brach ab, sie klang spröde, fast verzweifelt. Frieda spürte die lodernde Unruhe des Pferdefreundes.

Allmählich kehrte abendlicher Frieden und Ruhe auf dem Hof und in den Stallungen wieder ein; Mensch und Vieh wollten schlafen. Nur Frieda lag unruhig in ihrem Bett und dachte über das Erlebte nach. Das Ritual der Heilerin und die Geheimnistuerei darum hatte sie schon beeindruckt; irgendwo war es ein besonderes Ereignis gewesen. Sie wusste auch, dass ihre Freundin Irmi vom Hof nebenan große Stücke auf diese Frau hielt. Unter den jungen Frauen des Ortes gab es oft aufgeregtes Geflüster und vertrauten Austausch über das, was die geheimnisvolle Frau den jeweiligen Fragenden geantwortet hatte. Die noch sehr junge Heilerin hieß Hella, hatte Irmi ihr verraten. Sie sollte in einem kleinen windschiefen Reethäuschen, etwas abseits von Altenwalde, wohnen und dort auch ihren eigenen Kräutergarten haben.

Natürlich ging es bei den Geheimtreffen immer um die Kernfragen des Lebens: „Liebe", "Krankheiten" und „Tod". Weiterer Dreh- und Angelpunkt der Besuche waren Zukunftsfragen.

Eigentlich war Frieda in ihrem früheren Konfirmandenunterricht darüber aufgeklärt worden, dass es sich bei den Heilerinnen und deren angebliche Kraft um Aberglauben handelte und man einen Bogen um derartigen Zauber machen sollte. Nun aber hatte sie selber die Möglichkeit zu sehen, ob Hektor genesen würde, oder ob dies alles nur Hokuspokus war.

Schon am nächsten Morgen, gegen 06:00 Uhr, wachte Frieda auf. Sie zog sich schnell an und schlich in den Stall. Hektor, das besprochenen Pferd, stand ruhig und entspannt an seinem Platz. Die Wunde am Vorderlauf war kaum noch zu erkennen. Über Nacht hatte es eine Rückbildung gegeben und die ehemals eitrige Stelle wirkte trockener und fast verschlossen. Als Frieda nun so das Pferd betrachtete, hörte sie, wie auch Herr Wilkens leise in den Stall trat und auf den Wallach zuging. Er hob den Vorderlauf, schaute sich lange die Wunde an und rief dann begeistert: „Mensch, da scheint es eine echte Besserung gegeben zu haben! Nun habe ich Hoffnung auf Rettung!" Wie zur Bestätigung wieherte Hektor und schüttelte seine Mähne. Es schien ihm gut zu gehen und er hatte wohl keine Schmerzen.

Der Bauer hielt Frieda nochmals an, das Geheimnis um die Heilerin Hella für sich zu behalten und so gingen sie dazu über, ihr Tagwerk zu beginnen und so zu tun, als ob nichts gewesen wäre. Dennoch wussten beide, dass ein kleines Wunder geschehen war.

Natürlich hatte sich die überraschende Genesung des Pferdes über stille Dorfkanäle mit vorgehaltener Hand doch durch das Dorf getragen.

Laut wurde nicht darüber berichtet, denn der Pfarrer wollte von diesem „Hokuspokus", wie er es nannte, absolut nichts wissen, auch nicht der Viehdoktor, der seine Erfolge geschmälert sah.

Vier Monate waren vergangen und es war nun Mitte März 1916. Die täglichen Verrichtungen auf dem Hof waren so weitergegangen und Frieda hatte sich ab und zu mit Irmi, der Magd vom Hof nebenan, unterhalten. Diese hatte gerademal wieder Liebeskummer. Dieses Mal wegen eines Haralds, der in Sahlenburg auf einem Hof als Pferdepfleger arbeitete. „Dieser dumme Kerl!", schimpfte Irmi. „Nun habe ich ihn schon über drei Wochen nicht gesehen, obwohl er wieder vorbeikommen wollte."

Frieda versuchte, sie zu beruhigen und meinte, dass es vielleicht auch einen ehrenwerten Grund geben könne, warum er sich nicht meldete. „Ich kann ja nicht so einfach da mal in Sahlenburg am Pferdehof vorbeischauen", jammerte Irmi. „Aber weißt Du was, du kennst doch Lina, die alte Großmutter vom Söderhof, die hat Gürtelrose." „Ja und, Irmi, was hat das denn nun mit Deinem Harald zu tun?", entgegnete Frieda. Misstrauisch blickte sich diese um, und als sie sah, dass niemand sonst in der Nähe war, zog sie Frieda zu sich heran und flüsterte ihr ins Ohr: „Die alte Lina will ihre Gürtelrose besprechen lassen, und da wollte ich sie begleiten und mitgehen zu der Hella. Vielleicht kann die mir auch helfen und etwas über Harald verraten. Weißt Du was, Frieda- komm´ doch einfach mit. Wir gehen erst heute Abend gegen 6.00 Uhr".

Frieda zögerte. Eigentlich war ihr der Besuch zu unheimlich und sie wusste, dass es nicht im Sinne ihres Glaubens war. Doch sie hatte ja schon mit eigenen Augen das erfolgreiche Wirken der geheimnisvollen Frau erlebt. Pferd Hektor war nun wieder munter im Einsatz und konnte als Reitpferd genutzt werden. So wollte sie ein kleines Abenteuer wagen und sagte zu.

Gegen 6 Uhr abends verließ sie das Haus und durfte mit Irmi und der alten Line gen Altenwalde fahren. Mit schmerzverzerrtem Gesicht wurde die alte Frau auf das Gefährt bugsiert. Sie hielt sich mit einer Hand den Bauch und jammerte leise vor sich hin. Irmi hatte eine kleine Droschke mit Hektor davor gespannt und Bauer Wilkens hatte sein Einverständnis für die Fahrt gegeben; schließlich benötigte er ja selber

Stillschweigen. „Passt schön auf, bei Altenwalde gibt es Abwehrraketen, die im Wald positioniert sind. Ihr müsst vorsichtig sein; ungewöhnliche Bewegungen könnten missdeutet werden." Irmi hatte die besten Augen und übernahm die Zügel.

Nach einer Viertelstunde holpriger Fahrt über Stock und Stein erreichten sie ihr Ziel.

Silbriges Mondlicht schien auf das kleine verwitterte Haus am Waldrand. Frieda sah, dass drinnen im Häuschen abgedecktes Licht brannte. Sie banden das Pferd an den Baum hinterm Haus und betraten die kleine, gemütliche Stube. Hella empfing sie freundlich und wie selbstverständlich. „Kommt herein, Line, Irmi natürlich auch Eure Freundin". „Line, Du möchtest sicher, dass ich mich um die Gürtelrose kümmere. Das machen wir zuerst. Die beiden jungen Frauen können sich ja erst mal in meinem Stübchen umschauen und etwas gedulden". Sie ging mit der alten Line in einen Nebenraum und Frieda und Irmi schauten in die flackernden Flammen der Kerzen, die auf dem Tisch standen. Obwohl Frieda eigentlich eher von ängstlichem Wesen war, fühlte sie sich rundherum sicher und ruhig an diesem Ort. Sie schaute sich um.

Viele Keramik -Töpfe mit Kräuterpflanzen standen im Halbdunkel des Raumes, an der Wand hingen eigenartig bunte Bilder von Fabelwesen. Es duftete nach seltsamen Ölen. Nach 30 Minuten kam die alte Line zurück; sie sah nun sichtlich besser und erleichterter aus. Ihre verkrampfte, schmerz-gebeugte Haltung war verflogen und sie konnte sogar leicht lächeln. Das machte sie um Jahre jünger.

„Ihr seid am Donnerstag gekommen, dem Tag, der nach Thor benannt ist", eröffnete Hella das Gespräch. Das war ein guter Zeitpunkt. Thor beschützt Midgard, die Welt der Menschen. Und somit Euch."

Irmi und Frieda verstanden wenig von dem, was die junge Heilerin sagte, aber sie fühlten, dass Hella eine freundliche Frau war. „Ja, ihr versteht nicht alles, was ich hier so mache. Manchmal hätte ich auch gern ein anderes Leben; doch meine zu früh verstorbene Mutter hat mir diese Aufgabe übergeben, und so muss ich auf deren Pfaden weitergehen. Das ist mein Weg. Auch wenn ich von vielen Dorfbewohnern mit Argwohn betrachtet und auch geschnitten werde, so kann ich doch vielen Menschen helfen und werde gebraucht."

Irmi nickte heftig: „Genau, wir sehen gerade, dass Du der alten Line schon sehr geholfen hast. Ihr scheint es besser zu gehen. Kannst Du mir auch in Sachen Liebe helfen?", fragte sie verschämt. Hella schaute sie lange ruhig an, fasste sie dann an beiden Händen: „Liebe Irmi, der junge Mann konnte nicht vorbeikommen, da er zum Militär eingezogen wurde und nun irgendwo im Osten ist. Es kann sein, dass er nicht wiederkommt."

Irmi schluckte schwer, dann flüsterte sie seltsam rau: „Das habe ich schon befürchtet und geahnt, aber nun sagst Du es so hart." Sie brach in Tränen aus und ihr ganzer Körper schüttelte sich. Hella legte ihr die Hand auf die Schulter: „Beruhige Dich, alles geht seinen Weg. Es wird noch ein anderer Mann für Dich kommen, genauso auch für Frieda" sprach sie und wendete sich überraschend Frieda zu. „Dein Mann ist tapfer und mutig und er wird diesen Mut auch für alle seine Einsätze noch brauchen. Er heißt übrigens so ähnlich wie ich" schmunzelte sie verschmitzt. Die geheimnisvolle Hella sprach in Rätseln. Sie stand auf, wanderte durch den Raum, goss ein wenig ihre zahlreichen Pflanzen. „Nachtgewächse", sprach sie. „Alle Pflanzen, alle Kräuter haben eine Bedeutung und können heilbringend für den Menschen sein. Es gibt uraltes Wissen darüber. Nur ist es oft von den Mächtigen dieser Welt verborgen worden. Habt ihr jemals von Hildegard von Bingen gehört?" Nein, die kannten die beiden Mädchen in ihrer jugendlichen Unwissenheit nicht. Die alte Line aber nickte bestätigend. „Doch, ich schon. Das war doch eine christliche Mystikerin, die die Kräfte der Pflanzen zum Wohl der Menschen einsetzte." „Richtig, liebe Line, Du hast in Deinem langen Leben schon viel erfahren. Es ist egal, an welcher Religion, an welche Heiligen Du glaubst. Wichtig ist, die Stimme in sich selber wahrzunehmen und zu hören. Jeder Mensch trägt die heilenden, ausgleichenden Kräfte in sich. Er sollte nur die Wahrheit, die in ihm ruht, zulassen. Und da ist es gleich, ob du die Kraft der Pflanzen, die Stärke Thors oder die Mutter Maria anrufst. Es geht immer darum, die innere Energie wieder zum Fließen zu bringen und mit sich selbst eins zu sein. Ich kann dabei nur unterstützend wirken."

Sie beendete ihre Ausführung und ließ ratlose Gesichter bei Frieda und Irmi zurück. Die beiden spürten zwar, dass Hella viel Weisheit hatte, aber so recht konnten sie die Erklärungen nur schwer einordnen.

„Die Natur ist um Ausgleich der Kräfte bemüht; sie möchte, dass alles wächst und gedeiht."

Helmut (1916)

Die Zeit verging. Nun arbeiteten Wilhelmine und Frieda schon eineinhalb Jahre auf dem Gehöft und mittlerweile hatten sie sich prächtig eingelebt. Es ging ihnen gut und die Arbeitszeiten waren auch erträglich. Normalerweise hatten beide am Sonntag frei, und jeweils an einem halben Tag in der Woche gab es Gelegenheit zum Ausgang.

Im Dorf hatten sie sich an die Kirchen-Gemeinde angeschlossen und am Sonntag war Kirchgang auf der Tagesordnung. Sie nahmen gerne am Gottesdienst teil und besonders beim Singen der Lieder waren sie engagiert dabei. Wenn die alten Weisen in der kleinen Dorfkirche vielstimmig erklangen, so hatte es etwas Erhabenes. Der Frauenkreis bot ab und an auch Bastel- oder Handarbeitsrunden an. Wenn es manchmal ein geselliges Angebot gab, so durften sie beide auch zum Gemeindeabend gehen.

Wilhelmine war mittlerweile 20 Jahre alt und hatte einen Verlobten, der in Wesermünde wohnte und dort eine Ausbildung machte. Sie hatten ihn kurz vor der Abreise im Frühjahr kennengelernt und die beiden hatten sich heimlich verlobt. Frieda war nun 16 Jahre alt und hatte, anders als ihre ältere Schwester, für junge Männer noch wenig übrig. Sie kümmerte sich lieber um die vielen Tiere auf dem Hof oder unterhielt sich gerne mit anderen jungen Frauen auf dem Dorfplatz.

Es war Mittwoch, der 1. November 1916, als sie wieder einen freien Tag hatte. So recht wusste sie mit ihrer Freizeit nichts anzufangen, denn weit entfernen konnte sie sich nicht. Wilhelmine war in der Waschküche beschäftigt und ansonsten sah es an diesem Morgen noch sehr trübe aus. Graue Nebelschleier lagen über dem Dorf, und obwohl es schon 10.00 Uhr war, rührte sich herzlich wenig auf den Straßen. Der erste Nachtfrost war schon da gewesen und die Erde strahlte Kälte ab. Frieda knöpfte fröstelnd ihre dicke Strickjacke zu.

Eigentlich hätte sie Zeit gehabt ihre alten Socken zu stopfen, doch so richtig Lust hatte sie heute nicht dazu. Auch mit ihrer Freundin Irmi, vom Gehöft nebenan, konnte sie nichts unternehmen, denn diese hatte nicht frei und musste beim Einwecken helfen. Die Laune sank auf Halbmast. Was tun? So blieb ihr nur der Gedanke, einen Kakao im „Dorfkrug" einzunehmen.

Frieda hatte ein wenig von ihrem Hausgeld gespart und eigentlich war es nicht ihre Art, sich in die alte Wirtschaft ohne Begleitung zu begeben. Doch da so niemand recht Zeit hatte sie zu begleiten, außer Hofhund Hasso, entschloss sie sich, alleine zwei Straßen weiter zu gehen und so trat sie in die gemütliche Wirtstube ein.

In einer entfernteren Ecke der warmen Schankstube saßen einige Marinesoldaten, tranken ihr Bier und rauchten Zigarren. Da Frieda den Gestank der Stumpen hasste, zuckte sie zurück und wollte den Raum schon wieder verlassen.

Doch schon war sie erkannt worden und die freundliche Wirtin, die alle nur „Tante Else" nannten, rief ihr ermunternd zu: „Komm hier in die Ecke, da ist es ruhig, Frieda, und Du bekommst von dem Gepaffe auch nicht so viel mit", meinte sie freundlich. „Hast Du heute Deinen freien Tag?", setzte sie noch nach.

Da nun die vertraute „Tante Else" sie unter ihre Obhut genommen hatte, beschloss Frieda tatsächlich sich etwas Gutes zu gönnen und sie bestellte einen leckeren, heißen Kakao; etwas Taschengeld hatte sie ja.

Die wärmende Stube hatte viel Platz und Raum für ausgekühlte, verfrorene Gäste und die heißen Getränke taten ihr übriges. Bald durchzog einträchtiges Wortgemurmel den Raum und eine entspannte Atmosphäre herrschte im Alten Dorfkrug.

Nicht lange drauf, wurde die knarrende Tür erneut geöffnet und ein junger Marinesoldat trat ein. Seine hochgezogenen Schultern verrieten Anspannung; er trug die übliche Ausgehuniform. Unsicher überblickte er zunächst den Wirtsraum, ging dann entschlossen weg von den rauchenden Kameraden, geradewegs an den Tisch von Frieda zu, die sich dort mit der Wirtin unterhielt und die heiße Schokolade lobte. „Verzeihen Sie", sprach der sehr ernst dreinblickende Marinesoldat Frieda an. „Darf ich mich an Ihren Tisch setzen. Ich kann den Tabakrauch meiner Kameraden leider nicht vertragen", fuhr er erklärend fort. „Habe als Maschinist sehr viel mit Qualm, Maschinenöl und stickiger Luft zu tun und brauche daher gute Luft." Frieda war zwar etwas erstaunt über diese direkte Anfrage, aber da der junge Mann einen soliden und ehrlichen Eindruck machte, gewährte sie ihm den Platz an ihrem kleinen Tisch.

Der Soldat bestellte sich eine Tagessuppe und vertiefte sich schweigend in das Auslöffeln derselben. So ließ Frieda ihn gewähren; nur ab und zu musterte sie ihn verstohlen und versuchte sich ein Bild von ihrem Gegenüber zu machen. Er war mittelgroß, von athletischer Gestalt und er hatte wache blau-graue Augen.

„Mit seiner Ausgehuniform sieht er sehr beeindruckend aus", dachte Frieda sich insgeheim. Er wirkte dabei nicht so aufgeblasen und wichtigtuerisch, wie viel junge Marinesoldaten in seinem Alter. Frieda schätze ihn auf Anfang 20.

So verging einige Zeit der gegenseitigen stillen Betrachtung.

Doch urplötzlich, nachdem der letzte Rest der heißen Suppe gelöffelt war, begann der Marinesoldat zu reden: „Entschuldigen Sie, normalerweise setzte ich mich auch nicht an den Tisch von Fremden, auch nicht von so freundlichen jungen Damen, wie Sie es sind. Aber heute brauche ich menschliche Nähe und so habe ich mir ein Herz gefasst". Förmlich sprudelte es aus ihm heraus: „Ich bin, wie Sie es sich sicherlich denken können, in Nordholz stationiert, bei den Luftschiffen. Ist ja nicht weit weg von hier. Heute habe ich meinen halben freien Tag und bis Wilhelmshaven wäre es zu weit. So bin ich die 20 Minuten Fußweg hierher gelaufen, um Ablenkung zu haben und aus dem Stützpunkt heraus zu kommen. Mich würde es dort sonst zerreißen." Mitfühlend schaute Frieda in das aufgewühlte Gesicht des Soldaten. "Was ist denn passiert?"fragte sie teilnehmend. „Ach, in der letzten Zeit furchtbar viel, ich darf darüber nicht sprechen, doch wir haben in den letzten Monaten viele Kameraden bei den Seegefechten verloren. Alles so schrecklich und heute genau vor 10 Jahren ist mein ältester Bruder an Tuberkulose gestorben. Das war so grausam für uns alle. Er war noch so jung." Weiter kam der junge Mann nicht; Frieda sah, wie er versuchte sich zusammenzureißen und wie ihm Tränen in die Augen schossen. „Mein großer Bruder Arthur war noch so jung und er hatte so viele Hoffnungen. Er war eigentlich der Klügste von uns allen, musste nicht Facharbeiter lernen, durfte Bürovorsteher werden, er hatte eine gute Stellung im Harz aber diese verdammte Krankheit hat ihm alle Kraft genommen, mehr als 20 Lebensjahre hat er vom lieben Gott nicht bekommen." Frieda schluckte. Irgendwie gingen ihr die Erzählungen des jungen Mannes doch sehr nahe. Vieles erinnerte sie gerade jetzt an ihren Vater, der für sie auch viel zu früh gestorben war. Kurz tauchte sie in ihre eigene Gedankenwelt ab, ließ vertraute Bilder aus alten Tagen auftauchen, an denen sie mit ihrem Vater am Fischereihafen war.

Der junge Mann zupfte sie vorsichtig am Arm:
„Entschuldigung, ich versäumte mich vorzustellen,
Helmut Voigt ist mein Name".

Frieda hatte Zutrauen zu ihm und gab auch ihren
Namen preis. Sie wollte wissen, ob er denn noch
weitere Geschwister habe; auf diese Weise könnte sie
ihn ablenken, aufbauen und auf noch lebende
Angehörige zu sprechen kommen. „Ja, die gibt es zum
Glück. Ich habe noch einen älteren Bruder-Willi, der
als Infanterist an der Westfront ist und einen jüngeren,
Paul, der auch letztes Jahr zum Kriegsdienst
eingezogen wurde und nun an der Ostfront bei einer
Fernsprechabteilung eingesetzt ist. Außerdem habe
ich eine Halbschwester, die Frieda heißt. Diese ist zum
Glück noch zu Hause, in Rathenow. Das ist seltsam,
sie heißt ja genauso wie Sie!" setzte er noch überrascht
hinzu. „Und meine Mutter hieß auch Frieda!"
ergänzte er noch erkennend. Mit seinen blau-grauen
Augen schaute er nun direkt auf die junge Frau.

„Wo ist denn dieses Rathenow?" wollte Frieda nun
wissen, denn von diesem Ort hatte sie noch nie etwas
gehört. „Es liegt ungefähr 70 km westlich von Berlin
entfernt. Es ist eine schöne kleine Stadt im Havelland.
Wir haben sehr viel mit optischer Industrie zu tun und
ich habe auch dort eine Lehre gemacht" erklärte er

weiter. Viel konnte Frieda mit dem Begriff der optischen Industrie nicht anfangen, aber sie wusste, dass es etwas mit Brillen und Ferngläsern zu tun hatte.

„Eine mit ´ner Brille ist mein letzter Wille" fiel ihr noch zu der Abneigung aller jungen Mädchen hinsichtlich eines Nasenmonokels ein. Alle Mädchen in ihrem Alter, wollten lieber halb blind durch die Gegend laufen, als sich so ein hässliches Ding auf die Nase zu setzen.

Bei diesem grotesken Gedanken musste sie schmunzeln. Zum Glück waren ihren Augen gut und sie konnte bestens sehen.

An ihrem Bein scharrte nun etwas Weiches und entsetzt zog sie ihren Fuß zurück. Hatte gerade der junge Mann diese Anzüglichkeit begonnen? Ach nein, das war ja Hofhund Hasso, der sich nun bemerkbar machte und unruhig wurde. Er liebte Frieda sehr und Frieda hing an ihm, aber eigentlich gehörte er nicht in die Wirtsstube. Heute war eine Ausnahme gewesen, denn er durfte unterm Tisch Platz nehmen. Frieda stellte also zunächst Hasso vor und Helmut streichelte den großen Hund über das feste Fell. „Na, das der mit reindurfte ist ja schon was Besonderes", meinte er. „Aber heute ist es ja auch so schrecklich kalt, da sollte man auch die Tiere schützen." Er schaute sie fragend an: „Wohnen Sie hier auch in Oxstedt? Frieda schüttelte den Kopf, und erklärte sich. Zunächst hatte sie Hemmungen zuzugeben, dass sie als Hausmädchen in einem landwirtschaftlichen Gehöft arbeitet, aber da der junge Mann auch so offen und ehrlich gewesen war, berichtete sie wahrheitsgemäß, was sie gerade so machte. Über ihre täglichen Verrichtungen auf dem Hof und das es viel Arbeit sei, aber sie dafür immer genug zu essen hätten und ein warmes Dach über dem Kopf. Helmut wollte auch wissen, ob sie Geschwister habe und als sie dann von ihren acht Brüdern und Schwestern berichtete, war er doch ziemlich überrascht.

„Hat Ihre Mutter denn alle Kinder bis jetzt durchbekommen?", fragte er. „Das ist ja schon eine großartige Leistung, aber auch eine besondere Gnade vom Herrn", fügte er noch leise hinzu.

„ Sie sprechen sehr viel vom lieben Gott", fiel es Frieda auf. „Wie kommt das, wo Sie doch so viel Not, Elend und Ungerechtigkeit erfahren mussten?" fragte sie. „Auch die vielen Erlebnisse in den Kriegsschlachten hören sich furchtbar an. Das ist alles so grausam, was ich auch von Herrn Wilkens gehört habe. Wie schaffen Sie es da noch an den lieben Gott zu glauben?"

Sinnierend wog Helmut den Kopf hin und her. „Das ist eine gute Frage, über die ich noch wenig nachgedacht habe. Aber ich denke, der Glaube gibt mir Halt. Ich habe auch so früh meine Mutter verloren, wir mussten uns durchschlagen und letztlich am eigenen Schopf immer wieder aus dem Sumpf ziehen. Wenn ich mich da nicht von einer höheren Macht getragen und unterstützt gefühlt hätte, dann wäre ich über die vielen Geschehnisse schier verzweifelt. Ich bin im Glauben geblieben und habe auch über den CVJM viele gute Menschen kennengelernt. Gemeinsam versuchen wir uns aufzurichten und durch die schwere Zeit zu kommen. Diese große Gemeinschaft und der Glaube an Gott lassen mich letztlich weitermachen. Ich hoffe, eines Tages wieder Licht am Horizont zu sehen."

Die ernsthaften und ehrlichen Aussagen Helmuts beeindruckten Frieda sehr. So interessiert hatte sie bisher einem jungen Mann nie zuhören können. Irgendetwas hatte sich gerade für sie verändert, ihr Herz berührt. Sie konnte nur nicht benennen, was das genau war.

Die Zeit verstrich im Fluge, der Kakao war getrunken und die Suppe gelöffelt. Erschrocken schaute Helmut auf seine Taschenuhr. "Mein Gott, schon 12.00 Uhr mittags. Ich muss zurück zum Standort. Habe ja in zwei Stunden Dienstbeginn und wahrscheinlich geht es auch bald wieder ins Gefecht", seufzte er noch leise. Er war blass um die Nase geworden, wäre am liebsten in dieser warmen Stube und in dieser liebenswerten Gesellschaft geblieben. Doch die Plicht rief. So gab er sich innerlich einen Ruck und nahm Haltung an.

„Darf ich Sie noch ein Stück begleiten, fragte er dann und Frieda fand es ganz selbstverständlich, dass er sie zusammen mit Hasso noch zwei Straßen weiter bis zum Hoftor begleitete. Dann blieben sie stehen und keiner wusste so recht etwas zu sagen.

Hinter dem Fenster hob sich leicht der Vorhang: sie wurden beobachtet. Helmut verabschiedete sich nun förmlich und gab ihr die Hand. „Es kann sein, dass wir uns nie mehr wieder sehen, aber falls doch, so würde ich Sie gerne einladen zu unserem Tag der Offenen Tür am Standort. Das Fest findet am 12.Dezember nachmittags um 4:00 Uhr statt. Ich muss auf jeden Fall da sein, da ich den Gottesdienst dort mitgestalte."

Verlegen und rot geworden nahm Frieda die leicht dahin geworfene Einladung entgegen und versprach ein „Vielleicht". Dann verschwand sie mit dem Hund im Hof. Wilhelmine, die hinter der Gardine alles beobachtet hatte, wollte natürlich gleich darüber aufgeklärt werden, wer der junge Mann gewesen war. „Neugierig bin ich zwar nicht, aber wissen möchte ich als Deine ältere Schwester alles", forderte sie nun lächelnd Neuigkeiten ein. Frieda berichtete ihr von Helmut und dass er sie und auch die Schwester für den nächsten Monat auf das vorweihnachtliche Fest der Luftschiffer eingeladen hatte.

Dezember 1916: Auf der Marine Luftschiffer Station in Nordholz

Eigentlich wäre Frieda nicht zu der vorweihnachtlichen Feier gegangen, zu der sie Helmut eingeladen hatte. Aber da die Bevölkerung der Umgebung insgesamt zur Hebung des militärischen Durchhaltwillens eingeladen worden war und entsprechend auch geworben wurde, schlossen sich Wilhelmine und Frieda der Einladung zur „Offenen Tür der Luftschiffer" an. Die Bevölkerung, die die Zeppeline immer wieder in der Luft sah, aber nicht auf das Gelände durfte, konnte an diesem Tag ihre Neugier und ihren Wissensdurst befriedigen. Eigentlich war es Militärisches Sperrgebiet und für Zivilisten nicht betretbar. Der Stabsbereich war in der Nähe des Bahnhofs in einem ehemaligen Ferienheim angesiedelt.

Heute empfing ein junger Marineoffizier die Gäste und klärte über die Einrichtung auf. „Willkommen auf dem Marinefliegerhorst Nordholz. Wir möchten, dass Sie sehen, was wir für unser Vaterland leisten und mit Ihnen auch eine kleine vorweihnachtliche Feier gestalten. Es ist uns wichtig, dass wir den Rückhalt und die Unterstützung der Bevölkerung hier haben, damit wir unseren wichtige militärischen Beitrag leisten können. Dennoch dürfen wir nur einen kleinen Teil unserer Anlage zeigen. Wir hatten letztes Jahr hier einen feindlichen Luftangriff; zum Glück haben die Engländer keine großen Schäden anrichten können. Wir müssen vorsichtig sein. So ein Angriff kann sich jederzeit wiederholen."

Der Offizier berichtete noch von Wartungshallen mit den eigenwilligen Namen „Nobel" und „Nora", die alle mit dem Buchstaben „N" – wie Nordholz begannen.

Nach dem theoretischen Vortrag kam ein Nikolaus und jedes anwesende Kind erhielt ein kleines

Spielzeug, welches er aus einem grauen Jutesack zog.
Danach ging es in einen festlich geschmückten
Nebenraum, der für den Gottesdienst hergerichtet
worden war.

Hier traf Frieda Helmut nach gut 5 Wochen wieder; er
stand ernst und auch etwas blass neben dem Pfarrer.
Zusammen wurde das Adventslied "Tochter Zion"
angestimmt und die Versammlung wirkte ernst und
festlich. Der Pfarrer erzählte in einer kurzen Predigt
etwas über das Senfkorn, aus dem ein starker Baum
erwachsen kann. Jeder Mensch trage bei der Geburt
eine Vorstellung in sich, was er auf dieser Welt
machen wolle. Jeder Mensch habe einen persönlichen
Plan für seine Aufgaben auf Erden. Doch vielen
Menschen würde diese am Beginn des Lebens
angelegte Grundidee verloren gehen. Sie wüssten
manchmal gar nicht mehr, was sie ursprünglich
eigentlich wollten.

Frieda musste aufgeregt schlucken. Die Predigt
berührte sie und ging ihr nahe, denn sie hatte ja auch
ihren ursprünglichen Wunsch, Lehrerin werden zu
wollen, verdrängt. Ihre Gedanken schweiften nun ab
in ihre eigene Welt; sie versenkte sich in Erinnerungen
und Hoffnungen. Nach einer kleinen Ewigkeit kehrte

sie wieder zurück. Gerade rechtzeitig, denn nun kam die Predigt zu einem Abschluss.

Der Pastor beendete seine Ansprache mit der Gewissheit, dass Gott jedem suchenden Menschen beistehen würde, seinen rechten Pfad im Leben zu finden. Auch manchen Umweg würde er mitgehen und mitunter würde sich vieles doch zurechtrücken und dann gut werden. Diese tröstlichen Worte beruhigten sie wieder, so dass sie am Ende hoffnungsvoll in ihren Lieblingschoral "Befiehl Du Deine Wege" mit einstimmte.

Insgesamt war die Predigt tröstlich gewesen und viele Anwesenden hatten für einen Moment ihre Alltagssorgen vergessen und Raum zum Innehalten gefunden. Nun löste sich der Gottesdienst auf und Wilhelmine beobachtete, wie Helmut auf sie beide zukam. Er stellte sich nochmals förmlich den beiden vor und versicherte, dass er sich über ihr Kommen sehr gefreut habe. Dabei blickte er ernst auf Frieda, die leicht errötete.

Gemeinsam standen sie dann beieinander und knabberten an Heidesandplätzchen, die die Landfrauen nach dem Gottesdienst verteilt hatten. Es duftete nach Glühwein, der aus einem großen Bottich geschöpft wurde. Da die Winterkälte spürbar durch

die Räumlichkeiten zog, waren die Menschen dankbar
für dieses warme Getränk. Trotz der angespannten
Lage kam nun auch eine verhaltene
Weihnachtsstimmung auf.

Winter 1916/1917

Der Winter wurde diesmal sehr hart und die beiden
Stadtmädchen hatten sich an das harte Landleben und
die Kälte gewöhnt. Sie wussten, was zu tun war und
wurden von dem Landwirtpaar gut behandelt.

Die Zwillinge der Familie waren nun drei Jahre alt
und gediehen prächtig. Sie hatten kräftige rote
Pausbacken und hielten sie auf Trab. Frieda kümmerte
sich gerne um Paul und Max, wenn die Mutter der
beiden das Haus verließ.

Frau Wilkens hatte sogar etwas Zeit gefunden, Frieda
und Wilhelmine Klavierunterricht zu geben, so dass
die beiden nach einigen Monaten sich beim Singen
selber begleiten konnten. Die Musik ließ die
Schwestern in eine andere Welt entfliehen und sie
genossen das gemeinsame Musizieren.

Wilhelmine durfte nun zweimal im Monat nach Lehe
fahren, denn sie wollte ihren Verlobten Hans

besuchen. Ängstlich beobachtete Frieda, wie ihre drei Jahre ältere Schwester zusehends Pläne für die Zukunft schmiedete. Sie wollte nach Lehe zurückkehren und ihren Franz heiraten. Sie hatte dort auch eine Familie gefunden, bei der sie im Haushalt arbeiten könnte. Frieda fürchtete, bald alleine auf dem Lande bleiben zu müssen.

Wilhelmine sollte besser bleiben; war sie doch ein sicheres Bollwerk für die jüngere Schwester gewesen.

Frieda verfolgte nun das Kriegsgeschehen noch aufmerksamer; besonders die Einsätze der Luftschiffe interessierten sie, und so erfuhr sie durch Herrn Wilkens immer wieder von Abschüssen dieser Giganten der Lüfte. Durch Helmut hatten diese gefährlichen Fahrten nun ein Gesicht bekommen; sie dachte oft an ihn und hoffte, dass er durch alle gefährlichen Einsätze heil hindurch kommen möge.

Nur sehr selten sahen sich die beiden, und wenn, dann nur für ein oder zwei Stunden im Gottesdienst oder zu einem Kakao im Gasthaus.

So ging der Frühling ins Land und bald war auch schon der Sommer in Sicht.

An einem Sonntag im Juni des Jahres 1917 holte Helmut Frieda an ihrem freien Tag ab. Als

Überraschung hatte er einen Freund aus Wilhelmshaven engagiert, der sie beide mit seinem Automobil nach Cuxhaven fahren sollte. Mit ihren knapp 17 Jahren war Frieda sehr stolz, als der junge Maat ihr die Beifahrertür aufhielt.

Ihre Freundin Irmi beobachtete staunend die Szene und winkte den Ausflüglern noch aufgeregt hinterher.

So fuhren sie nun zu dritt zur Nordseestadt und Frieda erinnerte sich an ihren Ausflug mit Familie Hinrichsen. Das war jetzt drei Jahre her, doch es kam ihr wie eine gefühlte Ewigkeit vor. Natürlich hatte auch sie sich verändert. Aus einem „Backfisch" war eine hübsche, junge Frau geworden.

In Cuxhaven spendierte Helmut seinem Freund eine Tasse Café in einem der naheliegenden Gaststuben.

So hatten die Beiden ein wenig Zeit für sich. Ganz sittsam spazierten sie am Deich entlang. Frieda war verlegen und wusste zunächst nicht so recht was sie sagen sollte; so verlegte sie sich auf Fragen. „Liebst Du Deine Aufgabe, also magst Du die Luftschifffahrt?" fragte sie Helmut etwas unbeholfen. Helmut zögerte zunächst mit einer Antwort, dachte bedächtig nach: „Es ist schon etwas Besonderes in einem Luftschiff mitfahren zu dürfen. Doch unsere Fahrten sind ja keine freudigen Ausflüge, sondern es geht ja immer um Kriegseinsätze. Die Gefahr abgeschossen zu werden, sein Leben zu verlieren, ist ständig gegeben. Jedenfalls dann, wenn wir uns Richtung England oder Richtung Skandinavien begeben. Ähnliche wie in meiner früheren Aufgabe als Maschinist auf dem Panzerkreuzer „Derfflinger". Vielleicht sagt Dir der Name des Schiffs etwas?" er drehte sich zu Frieda, doch diese schüttelte den Kopf „ Jedenfalls bin ich zwei Jahre unter Deck mitgefahren. Unter Deck, das heißt in den stickigen Maschinenräumen. Und ich musste bei der Schlacht am Skagerrak miterleben, wie die Engländer das Schiff schwer beschädigten. Viel schlimmer aber war, dass wir über 150 Kameraden bei dem englischen Granatenangriff verloren. In meinen nächtlichen Träumen sehe ich immer wieder die zwei brennenden Doppeltürme, die nach einem Volltreffer vollständig abbrannten. Und die verzweifelten Schreie der Verletzten klingen mir noch immer in den Ohren.

Trotzdem haben wir es geschafft das leckgeschlagene Schiff nach Wilhelmshaven zu bringen. Wir hatten über 17 Treffer abbekommen. Doch wir hatten in der Seeschlacht auch zwei britische Schiffe versenkt. Das Eiserne Kreuz zweiter Klasse erhielt ich dafür, doch wäre es mir lieber, alle gefallenen Kameraden wären noch am Leben."

Frieda hatte den sehr dramatischen Erlebnissen von Helmut aufmerksam zugehört. Ihr gingen die drastischen Schilderungen sehr nahe. Das Leben eines Marineangehörigen war eben nicht schön und heldenhaft, wie es in den Propagandameldungen immer dargestellt wurde.

Plötzlich hatte sie Angst um Helmut, wollte ihn nicht verlieren und griff unbewusst nach seiner Hand. Helmut war überrascht, aber als sie ihre Hand, erschrocken über sich selbst, zurückziehen wollte, da hielt er sie fest. „Wenn ich meine Militärzeit überstanden habe - das kann noch sehr lange dauern - und wenn ich überlebe, willst Du mich dann heiraten?" fragte er direkt. Nun starrte Frieda entgeistert auf Helmut. Sie konnte nicht glauben, was sie da gerade gehört hatte.

„Heiraten?" flüsterte sie mit großen Augen. Ich bin doch erst 17 Jahre….". „Ja, ja, nicht jetzt… später, in ein paar Jahren", meinte er ernsthaft. „Ich habe noch eine lange Militärzeitzeit vor mir, doch ich weiß jetzt schon, dass Du die Richtige für mich bist. Und es würde mir guttun, wenn du dir mit mir eine gemeinsame Zukunft vorstellen könntest. Auf diese Weise hätten wir ein schönes, gemeinsames Ziel und ich wüsste, wofür ich durchhalten muss."

Wie auf geheimes Kommando blinzelte die Sonne auf die Beiden und obwohl rings um sie herum nur Krieg und Anspannung war, so zogen sie doch aus diesem Moment Hoffnung und Zuversicht.

Frieda nickte. „Ja, ich könnte mir ein Leben mit Dir gut vorstellen. Dennoch kommt Deine Frage für mich sehr überraschend. Bin noch recht jung und auch ziemlich arm. Also keine gute Partie. Nur reich an vielen Geschwistern", zwinkerte sie ihm zu.

Hastig fiel ihr Helmut ins Wort und drückte unbewusst ihre Hand noch fester an sich: „Das ist mir egal, ob Du Geld hast oder nicht. Es geht mir um gemeinsame Werte, um ähnliche Lebensansichten, und es geht mir um einen guten Charakter. Und den hast Du gewiss." Der sonst so ernst Dreinblickende lächelte nun: „Ja, Du bist ein liebes und ehrliches Wesen, Frieda, und darauf kommt es mir an. Ich werde sparen, meinen Sold zusammenhalten, damit wir eines Tages ein Fundament haben, auf dem wir aufbauen können.

Wir werden in meiner Heimat ein Haus errichten und wir werden gemeinsame Kinder haben… ". „Langsam, Helmut, das ist mir zu viel…." wehrte Frieda nun ab. „ So weit kann ich noch nicht denken!"

Helmut gab ihr einen verschämten Kuss auf die Stirn und diese Geste ließ sie verstummen. Sie wanderten vertraut nebeneinander auf der Deichpromenade weiter, um dann zum wartenden Freund ins Café zurückzukehren. Es gab nun ein gemeinsames Ziel, auf das man zusteuern konnte.

Krieg und am Ende doch Licht am Horizont

So ging auch im Jahre 1917 der Krieg weiter und Millionen von Menschen und Hoffnungen fanden einen sinnlosen Tod. Kaum eine Familie im Land, die von menschlichen Verlusten verschont blieb. Frieda bangte um Helmut und hoffte, dass er alle Flüge im Zeppelin heil überstehen möge. Immer wieder gab es Nachrichten über abgeschossene Luftschiffe. Geschichten über abenteuerliche Irrfahrten und Notlandungen machten die Runde. Nur ganz selten konnte sich das junge Liebespaar sehen; es herrschte militärisches Stillschweigen, und auch Helmut unterlag diesen Auflagen.

Endlich, im Jahre 1918, gab es Licht am Horizont. das Ende der kriegerischen Auseinandersetzungen rückte näher. Deutschland musste – menschlich und wirtschaftlich ausgeblutet, die Niederlage eingestehen. In Kiel war es zu einem Aufstand der Marinesoldaten gekommen. Sie weigerten sich, nochmals gegen die Britische Flotte auszulaufen.

Im November des Jahres 1918 schwiegen die Kanonen endgültig. Am 11. November wurde der Waffenstillstandsvertrag von Compiègne ratifiziert, 1919 folgte der Friedensvertrag von Versailles.

Innerhalb von 4 Jahren hatten über 10.000.000 Menschen ihr Leben verloren.

Dezember 1918

Am frühen Nachmittag des 1. Dezembers 1918 trafen Frieda und Helmut in Rathenow im Havelland ein. Sie kletterten von den hohen Stufen des alten Waggons hinunter und Frieda erblickte ein größeres Gebäude aus roten Ziegeln, welches das Bahnhofsgebäude sein musste. Gleich nebenan fiel ihr Blick auf einen massiven Turm, der die typische Form eines Wasserturmes hatte. So ein vertrautes Monument hatten sie ja auch in Bremerhaven. Es war trocken und kalt. Es war der 1. Adventsonntag. Kräftige Schneeflocken tanzten durch die Luft, während sich die beiden Ankommenden am Bahnsteig suchend umschauten. Plötzlich rief Helmut einige Namen, da er vertraute Gesichter gesehen hatte. Das Empfangskomitee, bestehend aus Bruder Willi mit seiner jungen Frau Martha und dem jüngsten Bruder Paul wartete schon seit einiger Zeit auf die Reisenden. Sie freuten sich, als sie nun wiedererkennend auf Helmut zustürmten. Dieser sah mit seinem dicken Militärmantel zunächst fremd für sie aus. Schnell legte sich die anfängliche Beklommenheit auf beiden Seiten und freundlich wurde auch Frieda begrüßt. Zusammen traten alle dann auf den Bahnhofsvorplatz, der sehr großzügig angelegt war.

Willi hatte eine Überraschung geplant. Da er im letzten Jahr recht sang- und klanglos im Sommer, während seines Heimaturlaubs, Martha geheiratet hatte und für eine größere Familienfeier weder Zeit noch Geld da war, wollte er jetzt dieses Fehlen wieder gutmachen. Er lud die kleine Gesellschaft zu einem Adventskaffe in den vornehmen Fürstenhof ein, der nur ein paar Schritte vom Bahnhof entfernt war.

„Unser Vater ist auch schon da, berichtete er mit leuchtenden Augen", und er ist auch schon ganz neugierig, wie es Dir so geht und wen Du da mitgebracht hast?" Dabei deutete er mit einer

Kopfbewegung leicht lächelnd auf Frieda, der nun recht seltsam zumute war. Zum Glück hatte Helmut sie beschützend eingehakt.

Zusammen stapfte die kleine Gruppe nun frohgemut über kalte Pflastersteine, hin zu einem imposanten Gebäude, aus dem in der unteren Etage heraus nun ein warmes Licht schien. Sie traten in ein großzügiges Foyer und wurden in einen herrschaftlichen Raum mit vielen alten Bildern und weihnachtlichem Dekor geführt. Einige Gäste saßen an schön dekorierten Tischen bei Kaffee und Kuchen und unterhielten sich in diskretem Tonfall.

Neben einem Klavier stand ein runder Tisch, an dem ein älterer, gebeugter Mann saß. Als er die Ankommenden sah, erhob er sich: „Helmut, wie schön, endlich haben wir Dich wieder. Ich bin so erleichtert. Und eine nette junge Dame hast Du auch mit gebracht?" Er umarmte ihn fest und Helmut stellte Frieda dann seinem Vater vor: „Das ist unser Vater Ferdinand Voigt", und hier ist Frieda, meine Verlobte." Donnerwetter, nun war sie schon die „Verlobte"! Und das mit 17 Jahren. Frieda wusste gar nicht was sie sagen sollte. So machte sie nur kurz die Andeutung eines Knicks und sagte schüchtern:

"Guten Tag, ja, ich bin die Frieda. Freue mich, Euch alle kennenzulernen."

Sie setzten sich und nach kurzer Zeit war das Eis gebrochen. Daran war Paul, der jüngste Bruder, nicht ganz unschuldig, denn er hatte einige Anekdoten aus seiner Lehrlingszeit als Optiker zum Besten gegeben. Paul sah sehr fesch aus. Er trug zur Feier des Tages einen dunklen Anzug und ein weißes Hemd mit Stehkragen einem sogenannten „Vatermörder". Sein Haar war akkurat glatt gekämmt und hatte einen tadellosen Linksscheitel. Er war ein aufmerksamer, junger Mann, der noch viel vorzuhaben schien. Zunächst war er nach der Rückkehr aus dem Krieg wieder als Optiker-Geselle in Rathenow beschäftigt. Das gefiel ihm aber nicht so sehr. Sein Ansinnen war es, wieder aus Deutschland fort zu gehen. Diesmal aber nicht unfreiwillig als Soldat, sondern als Lernbegeisterter, der Neues in anderen Ländern kennen lernen wollte.

„Ich möchte gerne mal nach Skandinavien, in den Norden. Möchte mal sehen, was ich als Optiker da so lernen kann. Außerdem kann ich dort besser verdienen. Der Krieg hat hier so viel kaputt gemacht. Es ist noch alles im Aufbau. Ich möchte reisen, meinen Horizont erweitern. Will später mal mein eigenes

Geschäft aufmachen, selbstständig werden. Dafür brauche ich aber viel Erspartes. Und das wird mir nur woanders gelingen!"

So waren die Vorstellungen, die Paul in die Runde warf. Vater Ferdinand wog den Kopf hin und her: „Tja, es stimmt leider was Paul sagt. Momentan ist es nicht einfach. Zwar gibt es Arbeit, aber die wird nicht gut bezahlt. Eine Wohnung zu finden ist auch reines Glück."

Willi und Martha hatten Frieda natürlich auch über den Kaffeetisch hinweg gemustert und beide waren schnell angetan von der jungen Frau aus dem Nordwesten Deutschlands. Amüsant fanden sie die norddeutsche Ausdrucksweise, diese seltsame Klangmelodie der Küstenbewohner.

Im letzten Jahr hatten die beiden während eines Heimaturlaubes von Willi schnell entschlossen geheiratet. Für ihn als Angehöriger des CVJM sollte es natürlich auch eine kirchliche Trauung sein. Diese fand im kleinen Kreis in der schönen St. Marien-Andreas Kirche im Sommer 1917 statt. Danach musste er gleich wieder an die Ostfront, mit der Ungewissheit, seine Frau vielleicht niemals wiederzusehen. Umso größer und inniger war nun das Glück, sich gegenseitig zu haben. Willi hatte sogar wieder Arbeit bei der Rapsch AG gefunden, einer optischen Fabrik in Rathenow. Das junge Ehepaar machte einen zufriedenen Eindruck auf Frieda.

Im Laufe des Spätnachmittags lockerte sich die Stimmung in der Runde und zum Abschluss spendierte Willi noch nachträglich ein Gläschen Sekt auf die Hochzeit mit Martha. Helmut wollte zunächst nicht mit anstoßen, da er Alkohol gegenüber sehr ablehnend war. Sein Vater raunte ihm daher zu: „Ein Gläschen in Ehren kann niemand verwehren", und so wollte er dann auch kein Spielverderber sein.

Draußen war es nun stockfinster geworden und Frieda fragte sich plötzlich erschrocken, wo sie denn eigentlich übernachten sollte. Sie wusste, dass es sich nicht schickte als "Verlobte" in der Nähe von Helmut zu übernachten, zumal sie ja gerade erst 17 Jahre alt war.

Doch Martha in ihrer bodenständigen und lebenspraktischen Art hatte natürlich die missliche Lage gleich durchschaut und machte ein rettendes Angebot: „Du kommst natürlich mit mir und Willi in die Semliner Straße, Helmut wohnt bei seinem Vater in der Wohnung. Wir begleiten die drei noch in die Havelstrasse, denn das liegt auch auf unserem Weg. Ist alles nicht so weit, vielleicht 15 Minuten bis zum

Ferdinand und dann geht es nochmals 20 Minuten weiter bis zu unserer Wohnung", erklärte Martha den Ablauf.

Sie verließen gemeinsam den feierlich geschmückten und sehr feinen Fürstenhof und marschierten dann durch die winterliche Bahnhofstraße, vorbei an den massiven Kasernengebäuden, Richtung Zentrum. Ferdinand konnte mit seinen 64 Jahren bei dem flotten Tempo der jungen Leute gut mithalten. Sie bogen dann in die Berliner Straße ein, der Hauptverkehrsader von Rathenow. Eigentlich war es eine Allee, die auf beiden Seiten mit jungen Bäumen bepflanzt war. Hier gab es auch größere Geschäfte, die nun aber schon geschlossen hatten. Für Frieda war das ein Erlebnis, denn hier in Brandenburg war doch alles etwas anders als in Bremerhaven und natürlich extrem anders als in Oxstedt. Sie kamen an einer kleinen Schleusen-Brücke vorbei und Frieda sah unten in dem Flüsschen Eisschollen. „Dies ist unsere Havel", murmelte ihr Helmut zu. „Und im Sommer ist es erst recht herrlich. Du kannst von hier starten und eine Havelpartie mit dem Boot machen; es gibt wunderschöne Fahrten auf dem Wasser, bis nach Fechesar. Wir haben dann auch viele Störche, die vom Wasser aus gut beobachtet werden können. Durch die sumpfige Wiesen finden sie hier reichlich Frösche."

„Halt, schwärm´ doch nicht so viel vom Sommer", warf Paul lachend ein. „Wir müssen ja erst mal durch den frostigen Winter kommen. Mir graut schon jetzt vor der kalten Wohnung. Muss erst mal ein paar Holzscheite in den Ofen werfen. " Er rieb sich wärmend die Hände.

Doch schon standen sie vor dem Haus in der Havelstraße 17. Dort wohnte die Familie beim Kaufmann Schramm schon seit über 20 Jahren zur Miete. Paul war dort aufgewachsen und alles war vertraut. Noch unterstützten er und Helmut den Vater bei der Mietzahlung, aber mittelfristig wollte sich Ferdinand eine kleinere Wohnung nehmen. Ursprünglich hatte die jetzige Wohnung Platz für sechs Personen gehabt; seine vier Söhne und Tochter Frieda waren dort aufgewachsen.

Seine Frau Friederike, die alle Frieda nannte, war früh verstorben; hatte ihn mit den kleinen Kindern zurückgelassen. Es war eine schwierige, harte Zeit für Ferdinand gewesen. Wieder heiraten wollte er aber nicht mehr. Er seufzte leise, als er kurz in sein vergangenes Leben eintauchte. Nun aber war wieder eine Frieda aufgetaucht. Sein Sohn Helmut hatte sie mitgebracht.

Sie verabschiedeten sich herzlich voneinander. Da die Abfahrt von Frieda und Helmut erst übermorgen geplant war, verabredeten sie sich für den nächsten Morgen gegen 10.00 Uhr. Martha wollte Frieda zu Helmut begleiten, während auf Willi wieder die Arbeit bei der Rapsch AG wartete. Paul, der ebenfalls in der optischen Industrie arbeitete, hätte wegen des Aufenthaltes seines Bruders gerne frei gehabt.

Frieda durfte nun mit dem jungen Ehepaar weiter zur Wohnung in die Semliner Straße laufen.

Bis zu ihrem Lebensende blieben Martha und Willi in dieser Wohnung. Im Winter 1918 wussten sie nicht, dass sie für immer in Rathenow leben würden. Sie ahnten auch nicht, dass sie sogar noch ihre goldene Hochzeit im Fürstenhof feiern durften.

Frieda und Helmut heirateten 1924. Aber bis zu diesem Ereignis sollte noch so einiges geschehen.

Wilhelm   Helmut   Paul

Familie Gökemeier 1922

untere Reihe links: Mutter Margarethe

untere Reihe rechts: Frieda

.